カノジョの本音
（ふたりっきりになりたいからって焦りすぎた!?）
（でも、京介のこと、誰にも渡したくない!!）
陽キャ
距離感
JN049422
ふたりきりでイイコトしちゃう?

彼女は何か言いたそうな顔で
もじもじと身体の前で爪を弄っていた。
行きたくないのだろうか。
だとしたら強制はできないなと、
京介は肩を落とす。
「……がいい」
満天の星々の下で……

「ふたりっきり……
が、いい……」

「え、えへへ」
「お帰りなさいませ、ご主人様……な、なんちゃって」
色んなカノジョ

「……京介だけに、
と、特別だよ？」

「ありがとう。
私の大好きになってくれて」

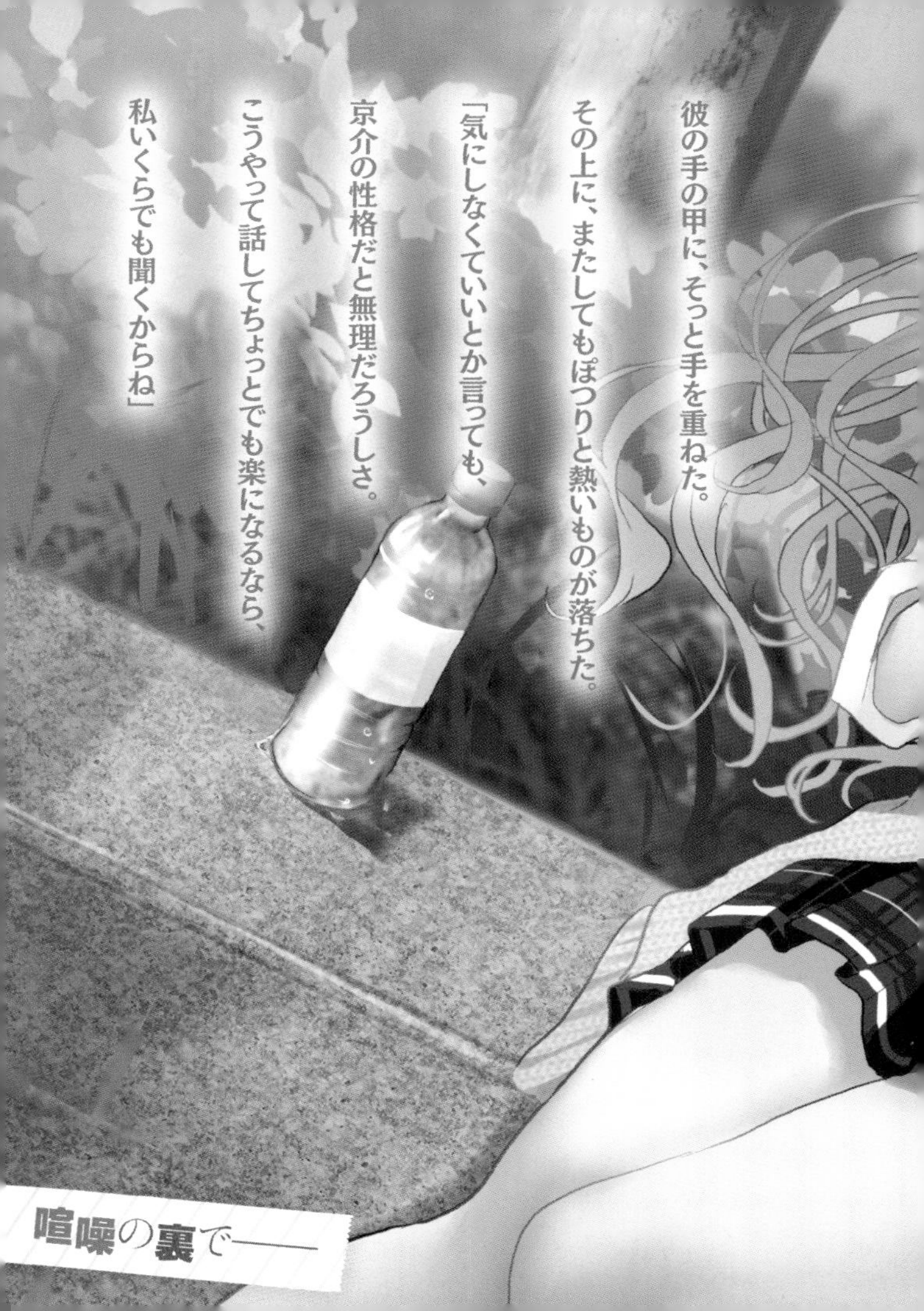
彼の手の甲に、そっと手を重ねた。
その上に、またしてもぽつりと熱いものが落ちた。
「気にしなくていいとか言っても、
京介の性格だと無理だろうしさ。
こうやって話してちょっとでも楽になるなら、
私いくらでも聞くからね」
喧噪の裏で——

ふじ むら きょう すけ
藤村京介
高校１年生。偶然ナンパ（？）から
助けたことをきっかけに、
綾乃から懐かれるように。
彼女の大胆な行動に戸惑っていたものの、
気付けばその距離が当たり前になっており……
でもやっぱり緊張はする。
さ さ がわ あや の
佐々川綾乃
高校１年生。クラスカーストトップに君臨し、
モデルの仕事もしている生粋の陽キャ。
京介への好意を自覚したことにより、
大胆さがさらにパワーアップ！
学校でも気にせず距離を詰めてきて……!?

陽キャなカノジョは距離感がバグっている2
ふたりきりでイイコトしちゃう？

出 葉松

ファンタジア文庫

3242

口絵・本文イラスト　ハム

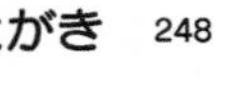

もくじ！

プロローグ

♠

(どうしてこうなった……)

　午後八時過ぎ。

　学校の視聴覚室で、京介(きょうすけ)は途方に暮れていた。隅にまで追い詰められ、ゆっくりと迫る彼女を見つめる。

「どうしたの？　何で逃げるの？」

　窓から差す月明かりを浴びて、チャイナ服の際(きわ)どいスリットから覗(のぞ)く綾乃(あやの)の肌が妖しく輝く。紅色の熱気を纏(まと)いながら、ニンマリと口角を上げ乾いた唇を舌先で舐(ねぶ)る。

「あ、当たり前だろ！　お前、自分が何言ってるかわかってるのか⁉」

「京介が穿(は)いてるかどうか気になるって言うから、仕方なく確かめさせてあげようって、私なりの気遣いじゃん。そんな風に言われたら、へこんじゃうなー」

　悪戯(いたずら)っぽい声音で言って、中指の腹でスリットから露出した太ももをなぞった。

下から上へ。

　指先は滑らかな曲線を描く腰を滑っていくが、その間にショーツの紐のようなものは見当たらない。

「……確かめるって、ど、どうやって？」

「そりゃ捲るしかないよね」

「できるかそんなこと‼」

「冗談だって。流石にそれは、私も恥ずかしいし」

　ウシシと白い歯を見せて、不意打ち気味に京介の手を取った。

　反応する間もなく連れ去られた手は、ぴとっと綾乃の太ももに降り立つ。

　早朝の窓ガラスのような、優しい冷たさ。しっとりとやわらかく、少し押せば同じ力で押し返してくる。

「……どう？」

　人に化けた狐のように笑って、京介に感想を求めた。

　むせ返るような甘ったるい匂いを振りまきながら。

第1話　好きってこと？

♠

夏休み最後の一週間。

その初日を、京介はバイト先で過ごしていた。

レジに座り、客がいない店内をぼーっと眺める。このままでいいのだろうかと、後悔を予感しながら。

（……全然遊べてないな）

夏休み前に綾乃と交わした会話。

プールにキャンプ、カキ氷にお祭り、そして天体観測。どれも達成できていない。

というのも、自分と綾乃の休みが絶望的に合わなかった。

毎日のようにメッセージのやり取りをし、時に電話で話して。たまに彼女の家へ行くことはあっても、どこかへ遊びに行く余裕も気力もなくだらだら過ごして終わる。

綾乃はそれでも満足そうで、京介も特別不満はないが……。

しかし、店の前の道をプール帰りの日焼けした小学生たちが走って行くのを見ると、ああいう夏もいいなと柄にもなく思ってしまう。

（それに――）

夏休み前の海での一件。母親を一緒に捜して欲しいと綾乃に言われた日から、出発はいつなのかずっと気になっていた。

しかし、こちらから急（せ）かすべきことでもないため、緩やかな緊張が胸につかえている。

「はぁ……」

どうにもならない問題を前に、小さくため息を零（こぼ）して後頭部を掻（か）いた。

その時、ガラガラと音を立てて引き戸が開いた。急いで営業スマイルを作り、「いらっしゃいませー」と慣れた様子で唱える。

「……何だ、飛鳥（あすか）か」

「何だって、それが客に対する態度？　ひっどいなぁー、京にぃは」

見慣れたツインテール。謎の文字が書かれたTシャツに短パン。顔は京介にそっくりだが、黒い瞳には元気と活力が満（み）ち溢（あふ）れており、店内の温度が少し上がったように感じた。

藤村（ふじむら）飛鳥。京介の二つ下、現在中学二年生の妹。

彼女はレジカウンターにアルミホイルの包みを置いて、得意げに平たい胸を張る。

「京にぃ、お弁当忘れてったでしょ。超絶ウルトラ可愛い妹様が届けてあげたんだから、ちょっとは咽び泣いてもいいんだよ？」

「……お前は本当に、何でもいちいち恩着せがまし過ぎるんだよ。超絶ウルトラ可愛いって、僕と同じ顔しといて何言ってんだ」

「あたしと同じ顔なんて光栄なことじゃん。よかったね、京にぃ！」

「その自己肯定感はどこから来るんだ……」

悲観的で消極的な京介に反して、飛鳥の楽観さと積極性は異次元だ。

実際、学校では常に友達に囲まれ、クラスではリーダー的なポジションで、生徒会にまで入っている。兄妹でどうしてここまで差がついたのかと、遊び通しの夏休みを送り真っ黒に日焼けした飛鳥を見て、京介は内心ため息を零す。

「でも、わざわざ届けてくれてありがとう。昼飯、どうしようかと思ってたんだ」

「いいっていいって！　送料の代わりに本買っててよ。欲しい雑誌があるの」

「雑誌？　いつも買ってる漫画のやつなら、僕の部屋にあるから勝手に読めよ」

「ううん、漫画じゃなくて——」

飛鳥は平積みされた雑誌を数秒眺めて、「あった！」と一冊手に取った。

「ファッション誌？　お前、そんなの読んでたっけ？」

「友達に聞いたんだけど、この雑誌に京にぃの同級生が載ってるんだって」

「えっ」

「同級生なんだし、知ってるでしょ？」

「い、いやー……」

一人、思い当たる人物がいた。

話したことがあるどころか、学校をサボってのお泊まりまで経験している。

しかし、そんなことを言えば確実に茶化され、両親は元より近所や学校で言いふらされてしまう。

そもそも、飛鳥の言う人物が彼女とは限らない。極力神妙な面持ちを作って、「知らないな」と返す。

「ふーん。まっ、京にぃは根暗で陰気な日陰者だしね。高校生モデルなんてキラキラ生物に近づけるわけないか」

「……そ、そうだな」

「あれ？　言い返さないの？」

近づきまくった経験の数々がフラッシュバックし、彼女の体温を思い出して顔に熱が回った。言い返す余裕なんてない。

「そ、そのモデルって、何て名前なんだ？」

「桜川さん！　いいよねぇ、ＴＨＥ美人って感じの名前で！」

ホッと胸を撫で下ろす。

若干似た苗字だが別人だ。

（それにしても、同じ学年にモデルが二人ってあり得るのかよ。全然聞いたことない名前だし、本当にうちの生徒なのか？）

もう既に購入した気分でファッション誌を雑に捲る飛鳥を見ながら、京介は首を捻った。

「いた！」と飛鳥は声をあげて、ページのど真ん中にデカデカと配置された写真を指差す。

黒い髪に青い瞳。他の追随を許さない圧倒的なスタイル。

白いＴシャツに白いスキニー。その上からカーキのジャケットをバサッと肩掛けした、シンプルかつ格好いい服装で写る彼女は、何度見てもどこから見ても――。

（……綾乃だ）

京介は今この瞬間、彼女の芸名が桜川綾乃であることを初めて知った。

思えば、彼女が載っている雑誌を見るのは初めてだ。

ドラマや映画に出た、という話はよく聞くが、モデル業に関しては彼女自身思うところがあるらしく、読んで欲しいと言われたことがない。

「すっごいなぁ。こんなに綺麗な人、本当に学校で見たことないわけ？」

「ま、まあ……」

「酷くない？　そこまで興味ないって、たぶん何かの罪犯しちゃってるよ？」

「仕方ないだろ。実際、目に入ったことないんだから」

「喋りたいとか思わない？」

「思わない」

そう返すと、飛鳥は興味なさげに「ふーん」と呟き雑誌を閉じた。

どうにか誤魔化すことに成功し、京介は額に浮かぶ汗を拭う。


「遊びに来たよー！」


店の扉を勢いよく開き、むわっとした熱気と明るい声を引き連れて一人の女性が入って来た。

すらりと伸びた足によく似合うフレアデニム。身体のラインを強調する亜麻色のカットソー。普通に生活していてはおおよそ目撃することのないオーラを纏った彼女を前に、飛鳥は一拍置いて「あっ！」と素っ頓狂な声を漏らす。

「えっ⁉」

飛鳥と同様、彼女も――綾乃も声を張り上げた。

目を大きく開いて、京介と飛鳥を交互に見やりながら。

「何で桜川さんがここに⁉」

「何で京子ちゃんがいるの⁉」

二人に疑問をぶつけられた京介は、これは面倒なことになるぞと顔を伏せた。

キリキリと胃が痛む。

何だこの、最高のバッドタイミングは。

「きょ、京にぃと知り合いなんですか……？」

「えっ。もしかして、京介の妹さん⁉」

「京にぃを下の名前で呼んでる……‼」

「うわすっごい！　そっくりだー！」

じろりと、飛鳥は兄を睨みつけた。

綾乃はぴょこぴょこと跳ねながらはしゃぎ、髪が上下するたび甘く瑞々しい梨の香りが舞う。

「あー……えっと、紹介する。妹の飛鳥だ」

「へぇー、飛鳥ちゃんって言うんだ！　よろしくね！」

「こっちは佐々川(ささがわ)綾乃。僕の……と、友達だ」

「……友達？　きょ、京にぃの？　はぁ？」

「すごーい、可愛いなぁ」と飛鳥に近づき、朱色の唇を緩ませる綾乃。

対して飛鳥は、まったく状況を摑(つか)めていないといった様子で、あんぐりと口を開け固まっている。

「その、あの……さ、桜川さん？　佐々川さん？」

「どっちでもいいよ。好きな方で呼んで」

「じゃあ……さ、佐々川さんは、うちの兄と本当に友達なんですか？　弱味とか握られて、無理やり仲良くさせられてるとかじゃないんですよね……？」

「へ？」

「僕を何だと思ってるんだよ⁉」

突拍子もないことを言い出した飛鳥に、綾乃は目を丸くした。

京介の突っ込みに対し、「だって……」と飛鳥は視線を上げ、綾乃の顔を見つめた。綾乃は一瞬たじろぐも、すぐにニコリと最高の笑顔を提供する。

「絶対におかしいって‼　こんな綺麗な人が京にぃの友達とか、脳みそに爆弾埋め込まれて脅されでもしない限りあり得ない‼」

言いたいことは十分にわかる。

京介自身、どうして綾乃がこうも自分に執着するのか、未だによくわかっていない。

「きょ、京介は、すごくいい人なんだよ！」

綾乃はふんすと鼻息を荒げて、飛鳥の両肩に手を置いた。

「私が傘盗られた時は、わざわざ新しい傘買って来てくれたし！　私が大事なもの落とした時は、ずっと一緒に探してくれたし！　辛い時とか寂しい時は、そばにいてくれるし！

本当の本当に、私にはもったいないくらいにいい人なんだから‼」

得意そうに言い切って、「ねっ！」と京介に視線をやり同意を求めた。

こういった場合、どういう反応が正しいのかわからない。否定するのは違う気がするし、肯定するのは恥ずかしい。

「……でもこの男、さっき佐々川さんのこと、見たことないとか言ってましたよ」

飛鳥の静かな声が、僅かに店内の温度を下げた。

「喋りたいとも思わない、とも言ってました」

「ち、違う！　あれはそういう意味じゃ――」

言いかけて、綾乃に目をやった。

　彼女は今にも泣き出しそうな瞳で、ぐっと堪えるように唇を噛む。

「京介……私と喋るの、嫌だったの？」

　これまでの綾乃なら到底本気にしそうにない話題なのだが、この様子を見るに完全に真に受けてしまっている。

　これはまずい。かなりまずい。

　京介は手を振り乱しながら、「違う！　違うから！」と声を張り上げる。

「……た、ただ、飛鳥に茶化されるのが嫌だっただけで。こいつ、口が軽いから絶対あちこちで言いふらすし」

　我ながら、子供みたいな理由だなと思う。

　自分がガキであることを再認識させられ、冷たい熱が背筋を這う。

「じゃあ、本当は嫌じゃない？」

「嫌じゃない」

「好き？」

「えっ」

「好きってこと？」

「……うん、まあ」

「好き?」

「……好き、です」

妹の前で何を言わせられているのだろうと、うなだれる京介。

それとは対照的に、綾乃は心のこもった贈り物をされたような淡い熱を頬に灯して、

「えへへ」と口角を溶かす。

「か、彼女だ……!」

飛鳥は脱力し切った様子で、一歩二歩と後退る。

「「はい?」」

「絶対彼女じゃん! 京にぃ、友達すっ飛ばして彼女なんか作っちゃったの!? うっわー、もう何それ! おめでとう!!」

「彼女じゃない! 友達だって何度言ったらわかるんだ!?」

「いやいや、友達とそんな会話しないって! イチャイチャしちゃってもう! 見てるこっちが恥ずかしくなってきたよ!」

「そ、それは綾乃が聞いてきたから、仕方なく答えただけで……」

一緒に誤解をといて欲しいと綾乃に目配せすると、彼女はなぜか頬に熱を灯して視線を泳がせていた。

「そうだ！　明日のキャンプ、佐々川さんにも来てもらおうよ！」

「京介たち、キャンプ行くの？」

「あぁ、うん。一泊二日で。母さんが行きたいって言うから……」

綾乃とまったく遊べていないことを気にしていたのは、これも原因の一つだ。

彼女を差し置いて、自分だけキャンプに行く。仕方のないことだが、喉に魚の小骨が刺さった時のような違和感があった。

「無茶言うなよ、飛鳥。綾乃は暇じゃないんだから」

モデル業に女優業。その他にも色々と仕事を抱え、常に光の当たるところで活躍している。

そんな校内トップクラスの陽キャと、その辺の学生を一緒にしてはいけない。

……と思いつつ、一応彼女の意向を確認しようと視線を向けた。

「はいはいっ！　行くっ、行きたいです！」

そこにいたのは、凛とした表情を崩し、玩具を前にした子供のように目を輝かす綾乃だった。高らかに手を挙げて、激しく振りながら絶えず主張する。

「わかった！　じゃあ、ちょっとお母さんに電話してみるね！」

飛鳥は手早くスマホを取り出し電話をかけた。

「もしもしお母さん？　明日のことだけどさ。うん、うん……実は京にぃに彼女ができたらしくて」

「マジでそういうんじゃないんだって！」

「そうそう！　びっくりだよねー！それでね、その人も一緒に行けないかなって。うん。あ、本当⁉　おっけい、伝えとくね！」

ものの十秒足らずで電話は終了。

飛鳥はスマホをポケットにしまい、ニンマリと口角を吊り上げた。

「ぜひ来てください、ってさ！」

こうなることはわかっていた。

飛鳥の性格は母親譲り。お節介で、気が強くて、面白いことが大好き。綾乃に興味を示さないわけがない。

「やったー！　ありがとう！」

イエーイと、綾乃は飛鳥とハイタッチした。

せめて彼女という部分は否定してくれと思いながら、京介は額に手を当てて、今日一番のため息を漏らした。

ある日の2人『モーニングコール』

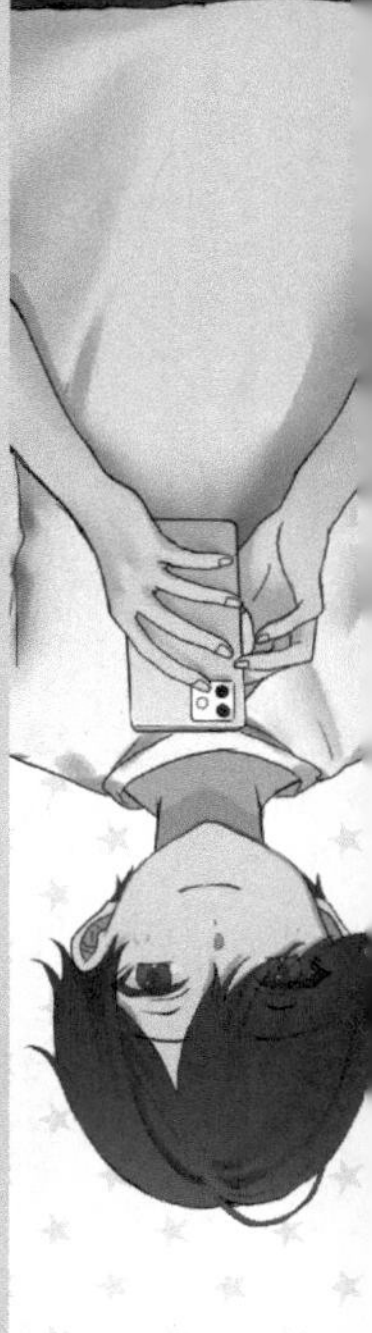

きょー

既読 6:00　朝だぞ

きょー

既読 6:10　おい

きょー

既読 6:22　朝連絡してって言ったのそっちだろ

あやの

電話じゃないとおきれなーい　6:23

きょー

既読 6:23

不在着信

あやの

本当にかけてくるなんてびっくりするじゃん！　6:23

きょー

既読 1:50

第2話　もっと言って

♠

「いやぁ、本当によかった！　京介にこんな可愛い彼女ができて！」

「か、可愛いとか……えへへ、ありがとうございますっ」

「何度説明したら彼女じゃないってわかってくれるんだよ、母さん！　あと綾乃も、そこ照れるとこじゃないから！」

　翌朝、午前八時。

　キャンプ場へと向かう、藤村家の車。

　運転席には父親の幸雅、助手席には母親の千鶴子。後部座席には、右から飛鳥、京介、綾乃の順で座る。

　つい十分ほど前に綾乃を乗せた車内は、千鶴子を震源地として凄まじい盛り上がりを見せていた。

　騒がしさに順位付けをすれば、全国大会ベスト4レベルの飛鳥が眠っているのが不幸中の幸い。ただ世界大会入賞レベルの千鶴子の口が止まらないため、いつ起きるかわからない。

　二人の口撃に晒(さら)されるという最悪の事態を避けるため、京介(きょうすけ)は何とか黙らせようと弁明を続けているが結果はこの様だ。火事場に燃料を投げ込んでいるようなもので、舌を回せば回すほどにうるさくなる。

「照れるとこじゃないって、それどういうこと？　あっ、そっかー。佐々川さんが可愛いなんて当たり前だろって、京介は言いたいわけね！」

「そこはどうでもよくって――」

「あら酷(ひど)い！　じゃあ可愛くないってこと？」

「違っ！　だ、だから、誤解をとくのが先だって意味で……！」

「あーあ、佐々川さん可哀(かわい)そう」

「……本当に勘弁してください、お母さん」

　綾乃(あやの)に弄(いじ)くり回されるのは慣れてきたが、肉親が間に入るとその恥ずかしさは通常の数倍だった。

　頭を抱える息子を見かねてか、幸雅が「その辺にしてあげなさい」と静かに言う。千鶴子は上機嫌に返事をして、ようやく前へ向き直る。

普段は何かと頼りなく、物静かなことしか取り柄がないような父親だが、我が家で唯一千鶴子の舵（かじ）を握ることが可能だ。

最初からこっちに頼めばよかった、と肩を落とす京介。その服の袖を、ちょいちょいと子犬のように綾乃が引っ張る。

「……私、ちゃんと可愛い？」

不安そうな声に、まず京介は疑問を感じた。

初めて二人で出かけた際のことを思い出す。

あの時も彼女は可愛いかどうか尋ねてきたが、あれは自分の外見の良さを完璧に理解し切った上で、それでも無理やり言わせようとする顔だった。

しかし、今回は違う。

白いTシャツの上から水色のシアーシャツ、下はタイトなデニム。冒険した格好が故に不安に思うならわかるのだが、別に何てことのない服装で、普通に綺麗（きれい）だし可愛い。

『京介……私と喋（しゃべ）るの、嫌だったの？』

つい先日、彼女が口にした言葉を思い出す。

京介の友達としての好意を、綾乃が知らないはずがない。それでもなお、あの瞬間の彼女は本気で落ち込んでいた。嘘（うそ）であってくれと、心の底から願う顔をしていた。

あれと似たことが、今起こっている。

どうして急に自信がなくなったのか見当もつかない。

【きょー：可愛いよ。いつもより、ずっと】

理由はまったくわからないが、普段よりも割り増しで褒めておくべきだと思った。

とはいえ、流石にこんなセリフを親の前で言えるはずがないため、メッセージアプリを間に挟む。

【あやの：いつもは可愛くないってこと？】

そう綴って、にゅっと眉を寄せた。

その顔には、こちらで遊ぼうという意図がない。本気で疑い、心配している。

【きょー：いつ見ても可愛いけど、今日は一段と可愛いって意味！】

【あやの：本当？】

【きょー：こんなことで嘘つかない】

【あやの：本当なら……手、握ってよ】

スマホで口元を隠しながら、期待と不安で潤んだ瞳に京介を映した。

（こ、ここで？）

目の前には両親、隣には妹。

今さっき付き合っていないと主張したばかりなのに、もしそんなところを見られたらどう言い訳をするつもりなのか。

（あぁ、くそ……っ）

内心悪態をつきつつ、そっと綾乃のやわらかな肌に触れた。彼女は一瞬目を見張り、すぐに硬直していた唇を解いて、肩に入っていた力を抜く。

よかった、と京介は安堵した。

かなりまずいことをしている自覚はあるが、それよりも何よりも、彼女に悲しい顔をされるのが一番困る。

「……本当なんだ」

緩く指を絡ませながら、綾乃は小さく独り言ちた。その頬は黄色い感情が占領し、指の腹でふにふにと楽しそうに京介の手を楽しむ。

【あやの：もっと言って】

【きょー：可愛い】

【あやの：もっと】

【きょー：可愛いよ】

と、すぐに返したのだが、待てど暮らせど一向に既読がつかない。

顔を上げると、綾乃はスマホをこれ見よがしに膝の上に置いていた。

褒めて欲しい、撫で(な)て欲しいとねだってきた時のような、藍色の瞳に蠱惑(こわく)的な光を宿してこちらを見る。おそらくこれは、口で言って欲しいという意味だろう。

「今は無理に決まってるだろ……っ」

小声で叫ぶと、彼女は残念そうに唇を尖(とが)らせた。

要求してきたことはともかく、少しだけ元気になってくれたことは単純に嬉(うれ)しい。

ホッと胸を撫で下ろしたところで、ミラー越しに千鶴子と目が合った。その表情は先ほどと打って変わって引き締まっており、余所(よそ)行き用の笑みを装備している。

「そういえば、佐々川(ささがわ)さんのご両親に挨拶するの、すっかり忘れてたわ。悪いんだけど、あとで電話してもらえる？」

瞬間、綾乃の手がビクッと震えた。

じわりと汗が滲(にじ)み、どんどん熱を帯びてゆく。

「りょ、両親ですか？　大丈夫っ、大丈夫ですよ！　うち、結構緩いんで！」

「緩いとかそういうことじゃなくて、一応娘さんを預かるわけだし。もう連れて行ってる状態で連絡するのも変だけど、保護者として一報入れておかないと」

至極真っ当な主張に、綾乃は気まずそうに閉口した。

両親に連絡。それはつまり、綾乃の父親に電話をかけることを意味する。父親を避けて新しい母親にかけたところで、彼女にとって気持ちのいい事態ではない。

「あー……そのこと、何だけど」

そう言って、彼女の手を一層強く握り締めた。

「綾乃の親、今海外にいるんだよ。かなり忙しくて、余程のことじゃない限りこっちから連絡するなって言われてるらしいんだ」

「だよな？」と、同意を求めた。

もちろん嘘だ。彼女の両親の職業など聞いたことがない。

しかし、この場を乗り切るにはこれしかない。彼女に嘘の片棒を担がせることに思うところはあるが、こればかりは仕方がないだろう。

「そ、そうなんです。うちの親、貿易関係の仕事してて。今どこの国にいるか、私にもよくわからないんですよね」

「あらぁ、そうなの。じゃあ一人暮らし？　大変ねぇ……」

「全然そんな！　むしろ気が楽ですし！」

どうやら誤魔化せたらしく、千鶴子はそれ以上追及して来なかった。

軽くひと息つくと、車がカーブするのに合わせて、綾乃がぐいっと手を引き寄せた。

身体が傾いて、彼女の肩に頭が乗る。そのタイミングに合わせて、彼女の唇がわずかに耳に触れ、心地よい温かさと湿り気に息を呑む。

「ありがとね」

京介の鼓膜だけを揺らす声に、静かな快感が背筋を駆けた。

その表情は、ただ嬉しそう、というわけではない。もっと深くて、熱くて、よくわからない色が煌めいている。

「へぇ……？　あれ、佐々川さん？」

むにゃむにゃと目を擦りながら、飛鳥が覚醒した。

綾乃はすぐさま手を離し、素知らぬ顔で「おはよう」と挨拶する。

（お、終わった……）

これから始まる本当の惨劇を予見し、京介は心の中でそっと独り言ちた。


昼前にキャンプ場に到着し、併設されたカフェで昼食を摂った。

その後、諸々の道具をレンタルし、女性陣をカフェに隣接した温泉施設に行かせて、幸雅と京介の二人でテントの設営をすることに。

（父さんなりに、僕に気を遣ってるのかな）

飛鳥が起きてからの車内は、ここはカラオケ屋かと思うほど酷いものだった。喧噪ハリケーンのど真ん中にいた京介の疲弊具合は、説明するまでもない。

　全員で仲良くテントの設営をすれば、車内の延長戦となるだろう。それを回避するため、女性陣を退けたに違いない。

「京介」

　女性陣が泊まるテントの設営が完了しひと息つくなり、ずっと無言だった幸雅が声をあげた。くいっと分厚いレンズの重たい眼鏡を持ち上げて、気怠そうな瞳に炎を宿す。

「避妊はしなさい」

　あまりに脈絡のない発言に、京介の頭の中は真っ白になった。

「……は？」

「避妊だ」

「……え？」

「デカいから着けられない、なんて言い訳をするなよ。父さんの息子に限って、そんなわけがないんだから」

「……」

「彼女を悲しませるな。大切にしなきゃ殴るぞ」

言ってやったぞ、と満足そうに鼻息を漏らし、もう一つのテントの設営に取り掛かった。

（何だ、今の……？）

自分が知る限り、幸雅は冗談を言う性格ではない。

本気で息子と綾乃が交際していると思って、父親としての責務をまっとうしたのだ。

（父さんまで誤解するって、うちの家族はどうなってるんだ）

一体なぜ、ここまでしつこく勘違いされてしまうのか。

確かに、高校に入学してから綾乃と過ごす時間が多くなり、その分だけ家に帰るのが遅くなった。夕飯をご馳走になっていたため、家で食事を摂る回数が減った。彼女を追って海まで行って、学校をサボって、二人で一泊した。

それだけ。本当にそれだけなのに。

（……い、いや……）

綾乃の距離感がバグっていて感覚が鈍っていたが、冷静に状況を整理してみると、付き合っていないと言うにはあまりに無理があることに気づいた。

恋人としてやることを全てやった息子が、彼女を紹介するためキャンプに招待したと思われても仕方がない。

（もしかしてこれ、かなりまずい状況なんじゃ……？）

何でもない他人に勘違いされるのはどうしようもないが、家族となると話は別だ。

しかも向こうは、何回何十回と弁明しても聞く耳を持たない。下手に強い言葉を使って否定すると、それはそれで綾乃を傷つけかねない。

「どうしてこうなった……」

今日何度目になるかわからないため息を落として、京介(きょうすけ)はゆっくりとうずくまった。

♥

(もしかしてこれ、かなりまずい状況なんじゃ……?)

温泉施設の脱衣所に来て、綾乃は京介と離れたことでふと我に返った。

キャンプに誘われた時、まったく悩まずに行きたいと言ってしまった。ただ純粋に、もう一度彼とお泊まりがしたくて。

結果、彼の家族の中で、自分は完全に彼女認定されてしまった。

何をどう説明しようと、状況から見て友達で通すには無理がある。

(外堀を埋めようとしてる、とか思われて、嫌われたらどうしよう……っ)

家族から勘違いされているからといって、京介が自分から離れていくとは考えにくい。

それでも不安だ。

ここ最近、不安になってばかりだ。

『喋りたいとも思わない、とも言ってました』

先日の飛鳥の言葉と思い出す。

京介が本心から、喋りたくない、と言うわけがない。気の弱さと口下手が故に、そう口にせざるを得なかったのだろう。そこまで理解して、もしかして、と思ってしまった。

『あら酷い！　じゃあ可愛くないってこと？』

可愛い可愛くないの話だって、ほとんど千鶴子の言いがかりだ。京介は一言も、可愛くないなどと言っていない。そうとわかってなお、無視できなかった。

好きだから、彼に嫌われたくない。

可愛いと思われたい。口に出して、言って欲しい。

聞き慣れているはずの褒め言葉が、彼というフィルターを通すと途端に極上の甘味に変わり、胸をチリチリと焦がす。

恋心を中心として、そういった欲求がぐるぐると回り、ちょっとしたことでも過剰に反応してしまう。まったくコントロールが利かない。

「佐々川さん！　ほら、脱いで脱いで！」

飛鳥に話しかけられ、伏せていた視線を上げた。

「えっ。あ、うん。……飛鳥ちゃん、何でそんな見てるの？」

「モデルさんの裸に興味があるからです！」

キラキラとした何の淀みもない瞳で、もの凄くいい声が返って来た。

あはは、と乾いた笑みを漏らす。京介とまったく同じ顔でそういう台詞を吐かれると、どことなく妙な気分になる。

ともあれ、モジモジしていても仕方ない。

まず、羽織っていたシアーシャツから腕を抜き、次いで汗が染みたTシャツを脱ぐ。扇風機の風が脇の下や膝の裏を抜け、涼しくて心地いい。

「な、何食べたらそんな身体に……！」

「食事に気を遣うとか、身体を鍛えるとか、ちゃんと寝るとか。当たり前のことを、しっかりとやるのが重要だよ」

「でも、元が良くないと意味ないでしょ？」

それは否定できない。

自分のように長身な女性は稀だし、手足を食事や睡眠で伸ばすことは不可能だ。

「その人にはその人の良さがあるから、そこを伸ばすといいよ。飛鳥ちゃんは可愛いし、京介に似て化粧映えもすると思うから、たぶんすごいことになるよ！」

「……えっ、何で京にぃが出てくるの？」

その問いかけに、ぶわっと全身の毛穴が開いた。

（やっちゃったぁあああああああああああ‼）

まずい。これは洒落にならない。

京介の困り顔は好きだが、家族に女装がバレれば困り顔では済まないだろう。最悪、怒らせてしまう。それだけは避けたい。嫌われたくない。

「今思い出したんだけど、昨日あたしを見て、京子ちゃんとか言ってなかった？　それって、京にぃと何か関係あるの？」

「はへっ？　い、いやー、ぜ、全然わかんない！　誰それ⁉」

我ながら嘘が下手くそ過ぎて、これではほぼ自白だ。

疑念に満ちた目に、冷え切った汗が止まらない。

「佐々川さんの邪魔ばっかりしないの。早くお風呂入らないと、風邪ひいちゃうでしょ」

そう注意を受けた飛鳥は、「はーい」と返事をして自分の支度に移った。

内心感謝しながら、千鶴子と共に浴場に入る。まだ夏休みで家族連れが多いため、子供の声が目立つ。

「さっきはごめんなさいね」

洗い場の椅子に並んで座るなり、千鶴子は申し訳なさそうに眉を寄せた。

「な、何のことですか？」

「車の中で、ほら、ご両親について尋ねたじゃない？　……佐々川さん、ご両親と何かあるんでしょ」

驚いた。一瞬、呼吸を忘れるほど。

失礼な話だが、千鶴子は物事を深く考えない人間だと思っていた。

しかし、実際にはしっかりと見抜いており、その声音は車内での明るく朗らかなものとは違い、確かな大人の迫力を纏(まと)っている。

「こちらこそすみません。嘘ついちゃって……」

「いいのよ。京介が出した助け船に乗っただけなんだし。あの子も大人になったのねぇ、彼女のために親を騙(だま)すなんて」

喜びと寂しさを足して割ったような表情で、ふふっと小さく笑う。

千鶴子が見せた母親の顔に、綾乃は無意識に古い記憶をなぞった。初めて母親に反抗した時のこと、その時の顔が鮮明に蘇(よみがえ)り千鶴子と重なる。

「……あの、私と京介君、本当に付き合ってるとかそういうのじゃないんです。ただの友達で……」

「隠さなくてもいいのよ。ちゃんとわかってるから」

「だ、だから――」

「安心して。私もお父さんも、息子の青春に口出すような趣味はないわ。あなたが望むなら、できる限りの協力はするからね」

これはもうダメだ、と綾乃は肩を落とした。

今の千鶴子は真面目モード。それでもなお誤解がとけないのだから、もうどうしようもないだろう。

「あの子ね」

そう口にして、躊躇(ためら)った表情を浮かべた。

続く言葉がなく、「何ですか?」と尋ねる。千鶴子はわしゃわしゃと顔を洗って、重たい唇を開く。

「中三の頃、半分くらいしか学校行ってないの」

「……えっ?」

じゃぼんと、どこかの子供が風呂に飛び込んだ。

それを咎(とが)める親の声と、足を濡(ぬ)らす湯船のお湯。その温かさすらわからなくなるほど、突然の話に思考が止まる。

「急にふさぎ込むようになっちゃってね。誰にも会いたくないって。一応高校には受かったけど、すぐ行かなくなるんじゃないかって冷や冷やしてたのよ」

「だからね」と続けて、車内で見せたような屈託のない笑みを浮かべた。

「佐々川さんがいてくれてよかったわ。あなたのおかげで、あの子、本当に毎日楽しそうにしてるもの」

「そう、ですか……」

嬉しい。京介が楽しいと思ってくれていて。学校に来てくれていて。

本当に嬉しい――のだが。

同時に、心がざわつく。

「あの……京介君は、どうして――」

言いかけて、ドンと背中に衝撃を受けた。

驚いて振り返ると、そこには満面の笑みの飛鳥が立っていた。

「佐々川さん、背中流しっこしよ！　ね、いいでしょ？」

「あっ。あぁ、うん。わかった、いいよ」

「やったー！」

綾乃は喉元まで出かかった言葉を呑み込む。

この空気の中で、京介について質問ができるほど能天気ではない。

だが、生殺しを食らった分、知りたいという欲求は余計に純度を増して腹の底に蓄積する。

真面目な京介が、どうして不登校になったのか。

触れない方がいい話題であることは理解できる。だが、好きな人のことを知り尽くしたいという熱が理性を燃やし振り払う。

「難しい顔しちゃって、トイレでも我慢してるの？」

「へっ？　ち、違うよ！　よーし、じゃあ私から洗ってあげるね！」

腰を上げて、飛鳥を椅子に座らせた。

そして綾乃（あやの）は、さっと身を屈（かが）めて飛鳥の背に視線の高さを合わす。疑問の数々にどうしたって険しくなってしまう顔が、鏡に映らないように。

第３話　天体観測

♠

森の中を散歩したり、川辺を歩いたり、バーベキューをしたりと、楽しい時間はあっという間に過ぎ去り夜になった。

（……もう、ここしかないな）

そろそろ休もうという空気の中、京介（きょうすけ）は一人、決意を滾（たぎ）らせていた。

自宅から持って来ていた天体望遠鏡をテントから引っ張り出し、「ちょっといい？」と全員に声をかける。

「せっかく持って来たから、皆で星でも見に行こうよ」

と言って、三人の顔を見回す。

全員が揃（そろ）うなら何だっていい。

とにかく京介は、両親と飛鳥と綾乃がいて、静かに話せる場所と時間が欲しかった。

綾乃が彼女だと勘違いされている現状は、絶対にいいものではない。少なくとも、彼女にとってプラスではないだろう。

そこをどうにか解消したい。落ち着いてゆっくりと順に誤解をほぐせば、きっと皆も理解してくれるはず。

「天体観測って、それ京にぃが楽しいだけじゃん」

疲れたから早く寝たいというオーラを出す飛鳥。

綾乃に目をやると、彼女は何か言いたそうな顔でもじもじと身体(からだ)の前で爪を弄(いじ)っていた。

行きたくないのだろうか。だとしたら強制はできないなと、京介は肩を落とす。

「………がいい」

蝶(ちょう)の羽音のような、小さな声で何か言った。

皆が注目する中、彼女は何度か唇を開閉し、躊躇いながらも声を紡(つむ)ぐ。

「ふたりっきり……が、いい……」

少し突(つつ)けば破裂しそうなほど顔を赤くする綾乃。

誤解を解消するどころではない。

むしろそれはトドメの一撃となり、「ごゆっくりどうぞ!」と千鶴子(ちづこ)は叫び、幸雅(ゆきまさ)と飛鳥の首根っこを摑みテントに引っ込む。

「……行こ？」

と言って、京介に手を差し出す。

どうしてこうなったのか。自分の行動が完全に裏目に出てしまい、京介は内心後悔しながら、彼女の手を取った。


薄闇が浸透した森の中をしばらく歩くと、木々のない開けた場所に出た。

ふぅと息をついて、肩から下げた望遠鏡を下ろす。四キログラム程度だからと自分一人で持って歩いていたが、少し手伝ってもらえばよかったと密かに後悔しつつ組み立てる。

「すごーい、本格的だね」

「中学校の入学祝いに、婆ちゃんが買ってくれたんだ。家じゃデカい置物だから、こういう時に使っとかないと」

自宅からでも星は見られるが、やはり人里離れた土地まで来ると違う。

肉眼でもわかるほどに夜空が綺麗だ。

「……あ、あのさ、何で二人じゃなきゃダメだったんだ？　やっぱり、母さんと飛鳥がうるさいからか？」

道中、どうして綾乃があんなことを言ったのか考えたが、これしか思いつかなかった。

天体観測は、夏休み前に彼女がしたいと言っていたことだ。静かに夜空を堪能したいのに、お喋り爆弾が二つもあっては困るだろう。

「そういうのじゃないよ！　千鶴子さんも飛鳥ちゃんも、すっごく楽しい人だし！」

やけに焦りながら言葉を並べた。

何かを隠すような、後ろめたさがあるような、そういう顔だ。京介は眉間にシワを作りつつ、彼女に背を向けて望遠鏡のセッティングを再開する。

「楽しいなら、呼べばよかったのに」

「そ、それは……」

「何だったら、ちょっと電話かけて来てもらうけど」

「……私と二人でいるの、嫌なの？」

「いや、違う！　全然そんなことないから！」

悲し気な声に、京介はすぐさま降参した。

疑っている場合じゃない。両親や妹に余計な勘違いをされるより、そういう声を出される方がずっと辛い。

「望遠鏡、組み立て終わった？　もう使える？」

「できるけど、たぶんつまらないぞ」

「つまらないのに持ってきたの？」

「いや、僕は好きってだけの話で。普通の人は、肉眼で星眺めてる方が楽しいと思うから」

「んー……。一応見せてよ、興味あるし」

月にピントを合わせて、綾乃に覗いてみるように言う。

数秒経って、彼女は微妙な表情をこちらに向けた。案の定、思っていたものと違ったらしい。

「……私には、ちょっと早いかな」

おそらく綾乃は、望遠鏡を通せばプリクラのようにビジュアルが美化されると思っていたのだろう。

しかし、これはそういうものではない。色や凹凸など一つの天体の詳細を観察する道具であり、多くの人にとって面白いものではない。

「星座わかる？　どこに何があるか」

「ああ。えーっと、あれが夏の大三角、それからさそり座、いて座、へびつかい座で……」

「えっ。ごめん、どれ？」

「あれだって、あれ」

懸命に指をさすが、綾乃は困り顔で首を傾げていた。

星座の位置をすぐさま把握できる人は稀だろう。空には無数に星が散らばっているのだから、これぱかりはどうしようもない。

「星座は置いといて、流れ星でも探したらどうだ」

「今日は流れ星が見られるの？」

「流星群が来てないから可能性は低いけど、一晩に何個かは見られるぞ」

言うと、綾乃は「探すぞー！」と空を仰いだ。

これだけ綺麗に星が見えるのだ。ただ眺めているだけでも楽しいはず。

京介は望遠鏡に意識を戻し、天体観測を始めた。

正直、買ってもらった当初と同じ熱量はないため、望遠鏡を覗いていても特別楽しいわけではない。だが、星を見つけては一喜一憂していた頃を思い出して自然と笑みが滲む。

その時、ほふっと後頭部にやわらかいものが当たった。綾乃が後ろから羽織るように優しく抱き締めており、京介の頭の上に顎を置いている。

「な、何してるんだ？」

振り返れば大変なことになってしまうため、前を向いたまま尋ねた。

「ちょっと寒くて。京介はあったかいね」

「カイロ扱いするなよ」

下はジャージ、上は半袖のTシャツ。

夏でも夜の山は冷える。そんな格好では寒くて当然だろう。

「とりあえず、一回離れてくれないか……？」

「私が風邪ひいてもいいの？」

「いやよくないけど、この体勢、色々とまずいからっ」

わかっているのかわかっていないのか、「どういうこと？」と綾乃は一層強く京介を抱き締めた。熱い吐息が前髪を揺らし、早く走れと心臓の尻を叩く。

「ぼ、僕の上着貸すよ！」

勢いよく前に出て綾乃を振り払い、着ていたパーカーを脱ぎ手渡した。

綾乃は「ありがと」と礼を述べつつも釈然としない感情を顔に張り付け、その場に寝転がる。パーカーを広げて腹部にかけ、ぽんぽんと自分の隣を叩く。こっちに来いと言うように。

仕方ないな、と京介はそれに従った。

確かに二人で来たのに、片方が望遠鏡に夢中では面白くないだろう。天体観測が目的なのだから、仕方ないような気はするが。

「京介って、星の博士になりたかったの？」

「星の博士って、何だそれ」

「だって、星座とかちゃんとわかる高校生なんてそういないよ。私、どれも一緒に見えるし」

「……小さい頃は、宇宙飛行士になりたかったからな。星のことに詳しくなったら宇宙飛行士になれるんじゃないかとか、そんなこと考えてる時期があったんだよ」

「小さい頃はってことは、もう諦めちゃったの？」

「身長が伸びなかったからな。チビだと宇宙飛行士になれないんだ」

宇宙飛行士になるためには、様々な能力を身に付け課題をクリアしていかなければならないが、その中に身長制限があった。自分が宇宙へ行くためには、あと数センチ伸びなければならないが、生憎一向に視線は高くならない。

「じゃあ、流れ星が見えたらお願いしてあげる。小さくてもなれますようにって」

「僕の身長が伸びるように祈ってくれ」

「私は今の京介がいいんだけどなぁ」

「僕はやだよ」

そう返した瞬間、タイミングよく流れ星が空を駆けた。

願いを口にする間もなく、綾乃に至っては気づいてすらいない。祈ることすら許されないのかと、嘆息を漏らす。

「ねえ、知ってる？」

ごろんと、綾乃がこちらに身体を向けた。

「カップルの身長差って、十五センチ以内が理想なんだって」

「十五センチ？　何か中途半端だな」

「キスとかハグがしやすいから、らしいよ。……でも、私と京介って三十センチくらい違うけど、こうやって寝転んじゃえば一緒だね」

と言って、えへへと蕩けるように微笑む。同じ高さの目線で。

照れ臭そうな仕草が京介にまで伝播し、頬が熱くなった。

だが、ふと冷静になってみると違和感がある。

「……いや、僕たちカップルじゃないし関係ないだろ」

「それはそうだけど、でも何か、その……」

もごもごと口の中で言語化できない言葉を噛み砕くが、結局吐き出すことはなかった。

「京介は流れ星が見えたら、何お願いするの？」

「高校生にもなって、そういうことする趣味ないんだけど……」

「ロマンがないなぁ。お願いごとするのはタダなんだよ？」

確かにそうだが、人前で自分の願いを披露するのは、存外に恥ずかしいものだ。

というか、特に思いつかない。

両親は健在で、妹はバカで騒がしいが元気で。学校での成績にこれといって問題はなく、沙夜（さよ）や琥太郎（こたろう）といった友人もいる。

そして何よりも、綾乃の存在が大きい。

特別面白いわけでもない自分に構ってくれて、連れ出してくれて、引っ張ってくれて。

彼女がいなければ、高校で友達ができることはなかっただろうし、買ってもらったスマホは親との連絡ツールでしかなかった。

これ以上を望むのは、罰当たりというものだろう。

「綾乃が僕のためにお願いしてくれるなら、僕も綾乃のためにお願いするよ。何かないか？」

「えー？　うーん、そうだなぁ……」

考え込む声が止まって、ふっと視線を隣に流した。

綾乃はなぜだか妙に深刻そうな瞳をして、唇を指の先で弄りながら虚空を見つめる。

「じゃ、じゃあ――」

と、不自然に上擦った声で言って、下手くそな愛想笑いを浮かべた。

♥

温泉からあがった後、千鶴子に話を聞けそうな機会は何度かあったができなかった。京介の問題は、京介自身に聞くべきではないかと思ったからだ。

そんな時、彼が天体観測をしたいと言い出し乗ってしまった。

今考えると、これでまた余計な勘違いをされてしまいそうだが、そんなことがどうでもよくなるほどに彼への興味は苛烈だった。

そして、実際にふたりっきりになってみると。

ダメだった。

どうしても、聞けなかった。

綾乃自身、中学時代のことは積極的に話したくない。自分がやりたくないことを、他でもない京介にさせられない。

そんなことを気にせず、ただ楽しく過ごして終わりでいいのではないか。このまま何事もなく、キャンプを堪能すればいいのではないか。

そう思いながらも、知りたい、どうしても聞きたいという自分も存在しており、どちらを優先すべきかわからない。

『綾乃が僕のためにお願いしてくれるなら、僕も綾乃のためにお願いするよ。何かないか？』

彼がそう言った瞬間、一つの考えが思い浮かんだ。

この機会を利用すれば、自然な形で京介に昔のことを聞けるのではないか。

星に対する願いごとではないが、何の脈絡もなく突然話を振るよりかはいくらかマシだ。

（……実は意外と、何でもない理由だったりして）

都合のいい予想だと自覚はしている。

しかし、悲観的で考え過ぎな彼のことだ。ちょっとしたことを深刻に受け止めてしまい、学校に行けなくなってしまったのかもしれない。

体調不良で数日休んだら行きにくくなってしまった、といった具合の、誰にでもある軽い理由かもしれない。

本当にただ単純に、面倒くさくなってしまっただけかもしれない。

きっとそうだ。そうに違いない。

彼が言いたがらないのならそれでいい。もしそうだったら、キッパリと諦めがつく。

とにかく今は、この頭の中のざわめきをどうにかしたい。

「中三の頃、何で京介が学校行けなくなっちゃったのか知りたい……とか、ダメかな？」

瞬間、彼はバッと身体を起こした。

浅く呼吸を乱しながら、黒い瞳にこちらを映す。その双眸には、明らかな怯えの色が灯っている。

まずい。まずい。絶対にまずい。

踏み抜いた地雷の威力に、全身から血の気が引く。ハンマーの如き重く固い後悔にガゴンと頭を殴られ、身体中から冷たい汗が噴き出す。

「あっ、ち、違う！　今の違う！　違うから‼」

綾乃も上半身を持ち上げて、身振り手振りで無かったことにしようと努めた。

彼は目を見開いたまま、ゆっくりと頷く。

「えーっと、あの、あー！　全然思いつかないなぁ。京介は何がいいと思う？」

「そんなの、僕に聞かれても……」

「何でもいいよ！　私がお願いしそうなこと！」

「……母親との再会、とか？」

「そ、それいいね！　あっ、でも、ママと会う前にパパと話しときたいから、パパと仲直りできますようにってお願いしようかな？　ママを探すのは、京介が手伝ってくれるし！」

「……そうだな」

彼の生気のない返事に、胸の内側がじわじわと冷たくなってゆく。

だが、吐いた言葉は呑み込めない。今更なかったことになどできない。

「もう使わないだろうし、先に片付けとくよ」

そう言って、そそくさと望遠鏡の解体を始めた。

冷たい夜風が吹いて、彼の後ろ髪を揺らし去ってゆく。

精一杯の謝罪の言葉を脳内に並べるも、とてもじゃないが話しかけられそうにないその背中を前に、綾乃は力なくうなだれた。

第4話　夏休み最終日

♠

翌日の昼頃、キャンプ場を出発。

疲労もあって車内は落ち着いており、京介も眠気に襲われ特に喋ることなく車に揺られていた。

そしてようやく、綾乃のマンション前に到着。

幸雅と千鶴子に礼を述べて車を降りる彼女と目が合うが、昨夜のことがチラついて上手く言葉が出ない。

「何やってるの。あんた、佐々川さんを送ってきなさいよ」

千鶴子に背中を押され、渋々車外に出た。

この時間帯でも外は暑く、エアコンの効いた車内とのギャップで一気に汗が滲む。

「……た、楽しかったね。誘ってくれてありがと」

「いや、まぁ、僕が誘ったわけじゃないし。あとで飛鳥に言っとくよ」

一言会話をして、あとは無言。

気まずい空気の中、マンションのエントランスを抜けて、エレベーターに乗り、彼女が住む階に向かう。

「忘れ物ないか？」

「う、うん。たぶん平気」

「そっか」

空虚な言葉を交わしながら、ガチャリと家の鍵を開けた。

綾乃は玄関に一歩足を踏み入れて、くるっと身を翻す。

暑さのせいか、それとも別に原因があるのか、顔を赤くしながら唇を噛んでいる。

「ど、どうしたんだ？」

「……昨日はごめん」

「えっ？」

「……千鶴子さんから京介のこと聞いて、気になっちゃって。京介が嫌がるかもってわかってて、あんなこと言っちゃった。本当にごめん」

今にも泣き出しそうな顔で綴って、ゆっくりと顔を上げた。ぐっと口角を持ち上げ、無理やり明るい表情を作る。

「私、もう絶対に聞かないから安心して！　勉強教えてくれてるから知ってると思うけど、私、忘れるのは得意なんだよね！」

ハリボテじみた快活な声に、京介は息を詰まらせた。

綾乃が謝る姿なんか見たくないのに。いつだって本気で笑っていて欲しいのに。そういう彼女が好きなのに。

（でも、僕は……）

中学時代の話。

彼女と出会って間もない頃、ほんの数ヵ月前なら、包み隠さず告白できたかもしれない。

しかし、今の自分にとって彼女は掛け替えのない人だ。一切合切をぶちまけて、何もかもが壊れて、崩れてしまうのが怖い。

「夏休み終わったら、バイトも減るんでしょ？　そしたら、またうちに来てよ。一緒に映画観たり、ご飯食べたりしたいし」

そう言って、「じゃあまたね」と家に入ってゆく。

本当にこれでいいのか。

これで、夏休みを終わりにしてしまっていいのか。

やけにうるさい蟬の音に後押しされるように、京介は半歩前に出た。閉まりかかった扉に腕を伸ばし、彼女の手首を掴む。

「ど、どうしたの?」

「えっと、そ、その……」

身体は動いたが、頭の方はさっぱりだった。

何をどうすればいいのか。自分は一体、何をするのが正解なのか。全くわからず、時間だけが無為に過ぎてゆく。

「……か、課題っ」

「課題?」

「綾乃、まだ夏休みの課題終わってないだろ」

「うん。そうだけど……」

「よかったら、わからないとこ教えるよ。夏休み最終日はバイト入ってないから」

綾乃に予定がないことを祈りながら、ぎゅっと手首を握り締めた。

行くにしても行かないにしても、普段なら即答しそうな彼女が、この時ばかりは瞳を戸惑いでいっぱいにして視線を泳がせている。

「じゃあ、お願いしようかな」

そう言って、またしても精一杯の作り笑いを浮かべた。

「うがぁー！　全然わかんねぇ！」

夏休み最終日。藤村家の一軒家。

二階の京介の部屋には、綾乃と沙夜と琥太郎の三人が来ていた。

琥太郎はガラの悪い金髪をわしゃわしゃと掻き乱し、勉強へのアレルギー反応を披露する。その様を横目に、沙夜は大きなため息を漏らす。

「本当に申し訳ないです、藤村さん。バカの相手をさせてしまって」

「いいよ。僕がちゃんと見てなかったのが悪いんだし」

昨夜のことだ。

沙夜から、琥太郎の課題を手伝って欲しいという連絡を受けた。壊滅的な状況で、とても一人では対処できないと。

彼とは夏休みの初めの方に一緒に課題をしたはずなのだが、と思ったが、どうやらほぼ全て間違っていたらしい。

「でも、せっかく綾乃ちゃんと二人っきりだったのに。何でしたら、今からでもこのバカは持って帰りますが……」

「だ、大丈夫！　詞島さんは、綾乃の方をお願い！」

沙夜は気を回そうとするが、正直なところ、今の京介にとって二人の存在はこの上なくありがたいものだった。

キャンプの夜。天体観測の時から続く微妙な空気は、未だ尾を引いていた。

毎日のようにメッセージのやり取りをしていたのに、ここ数日は事務的な会話しかない。電話もかかってこないし、顔を合わせるのもキャンプ以来。二人がいなければ、今日という日はもっと気まずいものになっていただろう。

「……」

ふと、綾乃に目をやった。

彼女は一言も話さず、黙々とペンを走らせている。

沙夜と琥太郎が来るなら、綾乃のところより自分の部屋の方がいいだろう。……そう思って初めて招いたのに、これといった反応はなかった。

別に騒いで欲しいわけではないが、自分が知る彼女なら目を輝かせてあちこちを弄り回しそうなものなのに。

「フジ……もうやめようぜ、こんなこと」

ガシッと、琥太郎に腕を掴まれた。

彼は疲弊し切った顔で淡い笑みを作る。

「……俺たちは、こんなことをするために生まれてきたわけじゃねぇだろ？」

「ただ勉強したくないからって、戦場に絶望する兵士みたいなこと言うなよ」

「お前だってわかってるはずだ！　こんなの間違ってるって！」

「その寸劇、まだ続けるのか……？」

「俺はただ……皆と一緒に、楽しく遊びたかっただけなのに……！」

「琥太郎君、あんまり騒ぐなら嫌いになりますよ」

「よぉーし、フジ！　さっさと終わらせるか！」

呆れるほどの変わり身の早さを見せ、これから祭りへ向かう少年のように目をキラキラとさせペンを握った。

やっとその気になったか、と感心したのも束の間。

ピンと伸びていた背筋は、ものの一時間でふやけた海苔のようにへにょりと曲がり後ろに倒れた。

「……」

「おい東條、何やってるんだよ」

おもむろにベッドの下へ腕を突っ込む琥太郎。

京介が半眼で睨みつけると、琥太郎は真剣な表情を浮かべた。

「いや、フジってどんなエロ本持ってんのかと思って」

「持ってないから、さっさと勉強しろ」

「あぁ、電子ってことか。ちなみに俺は、沙夜の写真がエロ本みたいなもんだぜ」

あまりに気持ちの悪いカミングアウトを受け反応に困っていると、寝転ぶ琥太郎の腹部に沙夜のパンチが刺さった。

「綾乃ちゃんの前で変なこと言わないでください」

悶絶する琥太郎を放置して、申し訳なさそうに綾乃へ視線を送った。

依然、課題に向き合う綾乃。事態にまったく気づかずペンを動かす姿は彼女らしくなく、沙夜は「大丈夫ですか?」と顔を覗き込む。

「ひゃ！　えっ、あ、なに?」

「い、いえ。たいしたことではないのですが、琥太郎君が……」

「あっ、あー。うん、いいと思う！　うんうん！」

「……は、はい?」

明らかに会話が噛み合っておらず、綾乃もそれに気づいたのか、おずおずと視線を下げて課題に戻った。

何かあったのか、と沙夜がこちらを見る。

京介は視線を逸らして、苦しむ琥太郎の背中をさする。

「……なぁ、ちょっと休憩にしようぜ。俺は沙夜とかフジじゃねぇんだ。一時間も二時間も勉強したら疲れちまうよ」

弱々しい声を受けて、沙夜はまず綾乃を見た。

彼女はやはり反応することなく、プログラムでもされたように課題に取り組んでいる。

「どうしましょう、藤村さん」

「どうって、僕に聞かれても……」

事前に確認したところ、綾乃は残り二割、琥太郎は半分程度。どちらも今日中に終わらない量ではない。

「じゃあ、休憩にしようか。僕もちょっと疲れたし」

発破をかけるような言葉を投げたところで琥太郎には刺さらないだろうと判断し、京介は諦念まじりの声音でそう言った。

琥太郎は「よっしゃー！」とガッツポーズし、そのけたたましい声に綾乃は再び顔を上げた。沙夜から休憩だと聞かされ、ゆっくりとペンをテーブルに置く。

「俺、アイス食いてぇなー」

「いいですね。綾乃ちゃんはどうですか？」

「……あぁ、うん。食べたい、かな」

相変わらず反応が薄い綾乃に、沙夜は眉をひそめた。

琥太郎はベッドに乗って窓に近付き、「うげぇ」と声を漏らす。

鳴き狂うセミと殺人的な陽光。一日の中で、この時間帯が最も暑い。

最寄りのコンビニまで五分程度。最短でも、十分は太陽に晒されなければならない。

「ゲームで決めようぜ。誰が行くのかを」

京介は面倒くさそうに眉を寄せた。綾乃と沙夜もピンと来ていないようで、何を言っているのだろうという顔をしている。

琥太郎は部屋を見回すと、棚に置いていたトランプを見つけ手に取った。「ジャンケンで決めましょうよ」という沙夜の発言を無視して、慣れた手つきでシャッフルを始める。

「何だかんだ、俺らお互いのことそんなに知らねぇだろ。俺とはクラスも違うわけだし」

「まあ、そうだな」

「だから、自己紹介ババ抜きをしようと思う」

「……自己紹介？」

それは、至ってシンプルだった。

ババ抜きの一般的なルールに一つ要素を追加。

カードを引くたび揃う揃わないに拘わらず、三人のうち誰かの質問に絶対回答するというもの。ゲームが長引くほどに、根掘り葉掘り聞かれるという仕様である。

「どうだ？　面白いだろ？」

「お前、今それ思いついたのか……」

「この人、遊ぶことに関しては全力投球なので」

その頭を勉強に傾けてくれよ、という文句を視線で送って、そのまま綾乃と沙夜に意識を配った。二人は嫌ではないのだろうか、と。

「質問って言っても、あくまで常識の範囲内だぞ。例えば俺が綾乃ちゃんにスリーサイズなんて聞こうものなら、綾乃ちゃんは嫌な思いをするし、何より俺は沙夜にボコボコにされるからな」

「ボコボコで済むと思ってるんですか？」

「……い、命が惜しいならバカな真似はやめとこうな」

心配しそうなところを先回りして答えると、二人は顔を見合わせ納得した様子で頷いた。

「誰も文句はねぇってことだな？　よし、始めるぞ！」

琥太郎から配られたカードを手に取り、まずは現時点で揃っているカードを捨てた。

残ったカードは六枚。最短で三巡目であがる計算になるため、質問への応答も三回で済む。

もっとも、そう簡単にいくとは思えないが。

「じゃあ、俺からな」

正方形のテーブルには、琥太郎から時計回りで沙夜、綾乃、京介の順で座っている。

まずは琥太郎が、沙夜の手札からカードを引いた。「さあ、何でも聞いていいぞ」と揃った一組を場に捨てる。

「……おい、誰かいないのかよ」

数秒経つが、一向に誰も口を開かない。

沙夜は彼を知り尽くしているため今更聞きたいことなどなく、綾乃に至っては何を質問すればいいのかわからないのだろう。

早速ゲームが成立していないことに、琥太郎は無言ながら焦りを感じている様子。ここは仕方なく、京介が手を挙げた。

「東條ってガタイいいけど、スポーツとかやってたのか？」

春の時点では冬服だったためよくわからなかったが、今のように薄手の服だと筋肉の凹凸が見て取れた。同性として素直に羨ましい肉体である。

「小さい頃から空手とかサッカーとか色々やってたぞ。中学の頃はボクシング一本だったけど」

「この人、全国大会で優勝したことあるんですよ」

「……お前、すごい奴だったんだな」

京介が素直に褒めると、東條は頭を掻いて照れ臭そうに笑った。

「今も続けてるのか？」

「いや、高校入ってすぐ辞めた。トレーニングは毎日やってるけど」

「もったいないな。続ければいいのに」

「元々沙夜を守るために始めたもんだからな。けど、練習のせいで一緒にいられないことが多かったし。もう十分強いから、機関銃とか持ってこられない限り負けねえよ」

少女漫画の登場人物のようなことを平気な顔で口にするため、なぜかこっちが恥ずかしくなってきた。

沙夜は頰を朱色に染め、「綾乃ちゃんの前で変なこと言わないでください！」と憤慨する。

「次！　次いきましょう！」

半ば強引に話題を終了させて、沙夜は綾乃の手札からカードを引いた。

瞬間、「はい！」と琥太郎が手を挙げた。沙夜は風呂場の排水溝に溜まった髪の毛を見るような顔をして、どうぞと目配せする。

「俺のこと、どれくらい好きだ？」

「好きじゃないです。はい次」

無慈悲な回答に打ちひしがれる琥太郎。

綾乃は苦笑いしながら、京介からカードを引く。揃った組を捨てるより早く、沙夜の右手は高々と挙がっていた。

「夢を教えてください！」

「ゆ、夢？」

「やっぱり、パリコレとか目指してるんですか？　それとも女優とか？　綾乃ちゃんならハリウッド行けますよ‼」

ふんすと鼻息を荒げる沙夜に、綾乃が困った表情で笑う。

それを見て、京介は複雑な感情で胸を埋めた。

彼女は知らないのだ、綾乃が仕事に対し消極的であることを。

映像の仕事に関しては知らないが、少なくともモデル業はいつか辞めてしまう。パリコレに出たいとも思っていないだろう。

「うーん、夢かぁ……」

「はい！」

「……夢はちょっとよくわかんないから、目標っていうか、願望？　でもいいかな。本当にたいしたことないから、ガッカリするかもだけど」

目いっぱい張った予防線に、沙夜はブンブンと首を縦に振った。

綾乃は躊躇いで頬を染めたのち、すぅっと軽く息を吸い込む。

「お姫様抱っこ、されてみたい」

意外な回答に、沙夜の目が点になった。

「ほら、私って大きいでしょ？　身長も春から伸びててさ。体重も……まあ、それなりにあるし……」

「は、はあ」

「だから、私をお姫様だっこするのって難しいと思うんだよね」

体重は筋肉量的に琥太郎が上だとは思うが、身長は綾乃が数センチ上だ。学校内でも、彼女より高い人間を探す方が難しい。

かなりの力がないと、持ち上がりはしても維持はできない。少なくとも京介には、持ち上げる自信すらない。

「ほらフジ、早く引けよ」

「あ、あぁ」

カードは揃わず、四回以上の質疑応答が確定した。

しかし、今の流れを見るにたいしたことはなさそうだ。元よりそれほど心配はしていなかったが、勝つにしても負けるにしても、楽しく終われそうな気がする。

「えーっと……」

数秒経過。

京介への質問のターンなのだが、誰一人として手を挙げない。

「な、何もないなら、別にいいけど……」

沙夜と琥太郎は、示し合わせたように綾乃を見つめていた。

当の彼女は自分の手札に目を張り付けており、その口は一向に開く気配を見せず、その手は挙がる素振りさえ見せない。

「綾乃ちゃん?」

「えっ？　わ、私の番？」

「そうじゃなくて……ほら、藤村さんに何か質問できますよっ」

「……私じゃなきゃダメなの？」

ルール上、まったくそういうことはない。

しかし、二人は京介に質問するのは綾乃だと確信していた。京介自身、彼女から何か聞かれるだろうなと思っていた。

綾乃は三人の視線から意図を察してか、指の先をわずかに震わせながら手を上へ伸ばす。気が進まないと顔にハッキリ書かれており、京介の胃がキリキリと悲鳴をあげる。

「好きな色は何ですか？」

「……黒、かな」

「ありがと」

これで終わり。

たった、これだけ。

手を下ろした綾乃は、何事もなかったように琥太郎へ目をやった。早く二週目を始めよう、と言うように。

「ちょ、ちょっと待ってください！」

そう言って、沙夜は勢いよく立ち上がった。

眼鏡のレンズの奥に焦りを滲ませながら、京介と琥太郎を交互に見る。

「わ、わたし、もう我慢できないです！　申し訳ないですが、二人で買いに行ってきてください！」

「えっ。いや、それじゃあゲームは——」

「それがいいな！　よしっ、行くぞフジ！」

琥太郎に首根っこを摑（つか）まれ、京介は家の外へ連れ出された。

第５話　もう関わるな

◆

琥太郎が京介を連れて家を出て行った。

　窓から外を確認すると、ふっと振り返った琥太郎と目が合った。彼は神妙な表情でコクリと頷く。度し難い極上のバカなのだが、こういう時は察しがよくて助かる。

「さ、さてと、綾乃ちゃ——って、うえぇ!?」

　振り返ると、綾乃は堰を切ったようにボロボロと涙を流していた。

　美しい顔に似合わない、子供じみた泣き面。

　時折はなをすすりながら、小刻みに肩を震わせる。

「どうしたんですか！　お、お腹でも痛いんですか!?」

「うっ、うぅう……！　さ、沙夜ちゃーん!!」

「は、はい！」

　初めて見る綾乃の泣き顔は、そのレアリティも相まって沙夜の頭の中をハートマークで埋め尽くした。

しかし、状況が状況だ。ワーキャーと歓声をあげれば、綾乃に嫌われかねない。

グッと感情を押し殺して、「大丈夫ですか？」と顔を覗き込む。瞬間、綾乃の両手が沙夜の肩を思い切り摑む。

「どうしよう……！　どうしよう……‼」

同じ言葉を繰り返しながら、沙夜の服をギュッと握る。

「私、京介に嫌われちゃったかも……っ‼」

「……え？」

突拍子もないことを言って、うわーんと声をあげた。

♣

案の定、外は死にそうなほどに暑かった。

殺意満点で照り付ける太陽と、焼けたアスファルトから放出される熱に挟まれ、一分と経たないうちに汗が滲む。

「……何だよ、いきなり。別に僕が同行しなくたっていいだろ」

「お前なぁ、ちょっとは察しろよ。沙夜が気ぃ遣ってくれたんだぜ？」

そう言うと状況を理解したのか、京介は申し訳なさそうな顔で俯いた。

「俺、綾乃ちゃんのことよく知らねぇけどよ。ありゃどう見たって変だろ」

「……そうだな」

「そうだなって、お前なぁ……」

京介と綾乃の関係にそれほど興味はないが、同じ空間で妙な雰囲気を出されるのは困る。

しかも、当事者の京介が他人面をするため呆れてしまう。

「お前ら、すげぇ仲良かっただろ。今日はどうしたんだよ」

京介はこちらに顔を向けて、困ったように眉をひそめた。

すぐに視線を元の位置に戻し、不安を押し殺すように唇を噛む。

「もしかしたら、僕……」

滲んだ汗が頬を伝って顎の先に溜まり、ぽたりとアスファルトに落ちた。

それは一瞬で蒸発し、何事もなかったような顔をする。

「綾乃に、嫌われたのかも……っ」

「……は?」

猛暑をひっくり返すような声をあげながら、小学生の集団が横を走って行く。

彼らの背中を一瞥した京介は、その眩しさに目でも焼かれたように顔をしかめた。

◆

数分後、綾乃はようやく落ち着いたのか、思い切り鼻をかみテーブルの上の麦茶を一気飲みした。

危なかった。

もう少し泣き止むのが遅かったら、欲求に負けて写真を撮っていたかもしれない。笑っていても泣いていても、彼女は本当に綺麗で可愛くて、こちらの理性を破壊する。

「ご、ごめん。取り乱しちゃって……」

「全然大丈夫です！　むしろ、ご褒美っていうか――」

言いかけて、流石にまずいと続く言葉を呑み込んだ。

軽く咳払いして、「それで」と何事もなかったように話を再開する。

「嫌われたって、どういうことですか？　わたしの主観ですが、藤村さんが綾乃ちゃんを嫌っているようには見えませんよ」

京介との付き合いが浅いため、どういう人間か熟知しているわけではない。

しかし、嫌いな人間を呼んで勉強会を開くような、そういう女子的コミュニケーションができるほど、器用でないことは見ればわかる。

「……この前、京介の家族と一緒にキャンプ行ってさ」

綾乃とキャンプ。

死ぬほど羨ましい展開だが、今は心を静め真面目に耳を澄ます。そういう空気ではない。

「その時……京介のことで、すごく気になることがあって。それで私、聞いちゃったの。京介が嫌がるかもって、わかってて……」

「それで、答えてくれたんですか？」

その問いに、彼女は首を小さく横に振った。

「……怯えてた。たぶん、よっぽど私に知られたくないいんだよ」

綾乃が何を聞いて、京介がどうして答えられなかったのかはわからない。

しかし、誰にでも言えないことの一つや二つあるだろう。親しい間柄なら尚更だ。

「一応謝ったんだけどさ。もう聞かないよって。……でも、京介のこと傷付けちゃったのには変わりないし。今日だって、すごくよそよそしい感じだったし」

「……だから、嫌われたと綾乃ちゃんは思うわけですね」

間を置いて、ゆっくりと頷いた。

軽くはなをすすって、溢れ出しそうなものを拭うように目を擦る。

「まず最初にハッキリさせておきたいのですが、綾乃ちゃんは藤村さんのことが好きなんですか？　友達とかじゃなくて、異性としてって意味です」

「……うん、好き」

やけにあっさりと認められたが、これといって驚きはなかった。

四月から二人の距離の近さは友達の枠を逸脱していたし、夏休み前には学校をサボって二人で海に行ったと前に彼女から聞いていた。下の名前で呼び合っていることから、かなり関係が進んだことがわかる。そもそも、綾乃の彼に送る視線は友達のそれではない。

「好きだから……京介のこと、何でも知りたいって思っちゃって。自分のことばっかで、京介のこと考えないで。……そのせいで傷付けてっ」

「こんなことなら、好きにならなきゃよかった……っ！」

苦しそうに言いながら、膝の上に置いた拳を強く握り締めた。

窓の外。家の前の道を、小学生の集団が走り去って行った。

綾乃の気持ちに一切忖度(そんたく)することなく、楽し気な声が部屋の中にまで浸透する。

「……なるほど。やっぱり、綾乃ちゃんは素敵ですね。もう最高に尊いって感じです」

「な、何でそうなるの？　私、嫌な女だよ……？」

「好きな人のことが気になるなんて、当然のことじゃないですか」

「でも、聞いちゃダメなこと聞いちゃったし……」

「あとでちゃんと謝ったんですよね。中々できないですよ、素直に謝罪するって。そこまですれば、藤村さんは許してくれてると思います」

「……沙夜ちゃんは、京介の何を知ってるの？」

やや不機嫌そうな声に、こういう綾乃も悪くないなと思ってしまったが、平静を保って「何も知りませんよ」と返す。

「わたし、綾乃ちゃんの十分の一も喋ってませんし。それでも、彼が誠実で優しくて、懐が深いことくらいは理解しているつもりです。わたしが知っていることを、綾乃ちゃんが知らないはずないですよね？」

尋ねると、綾乃はハッと目を見開いて、しばらく間を置いてから首肯した。

「……で、でもね、もう一個不安があって」

「何ですか？　どんとこい、ですよ」

「私って、ちゃんと可愛いかなぁって……京介の近くにいると、すごく気になっちゃって。直接聞いちゃうんだけど、ウザいって思われてないかな？　大丈夫かな？」

「……」

何だそのご褒美は。

「前はね、わかっててやってたの。京介に可愛いとか、好きって言わせるのが楽しくて。

すごく面白い反応するから」

「羨ましいっ‼」

「えっ？」

「あ、いえ。ただのくしゃみです」

今すぐそこを代われ、と心の中で京介を睨み血涙を流しつつ、爽やかな笑みを作る。

「そんなに不安に思うことですか？　綾乃ちゃんは一兆人が見ても文句なく可愛いわけですし、客観的事実を述べるのにウザいも何もないと思いますが」

「沙夜ちゃんは私のファンだから、そういうこと言えるんだよ。京介は違うし……あ、あんまりグイグイいったら、嫌われないかなって」

死ぬほど羨ましい状況に置かれた京介に対し憎しみに似た感情を抱きつつ、恋する乙女全開な推しを見せてくれたことへの感謝の情が湧く。相反する二つの気持ちを漏らさないよう、沙夜は全力で笑顔をキープする。

「まず大前提として、ウザいから嫌い、ウザくないから好き、というのは違うと思います。実際、琥太郎君は尋常ではないほどウザいですし、殴りたいほどグイグイきますが、心底嫌いだと思ったことは一度もないです」

「そ、そうなの？」

「その人のことを何も知らなかったら、悪いところ一つで嫌いになることはあると思います。でもわたしは、琥太郎君のいいところも沢山知っているので」

好きな女子を守りたいからとボクシングで全国を獲るなんて、もはや漫画の世界だ。

そこまで頼んでいないのに、というのを本気でやってくれる。それが時々、本当にありがたかったりする。

「綾乃ちゃんから可愛いかどうか執拗に聞かれて、それをウザいと思ったとして。藤村さんは、たったそれだけで綾乃ちゃんの全部を否定するような人なんですか？」

「……違う、と思う」

泣いていた時よりずっと、綾乃の顔色がいい。

頭の中の整理がついたのだろう。役に立ったのなら素直に嬉しい。

「というか、そうやってアピールするのは大事だと思いますよ。だって藤村さんは、綾乃ちゃんからの好意に気づいていないわけですし。グイグイいって当然です」

「た、確かにそうかも……！」

ふんす、と鼻息を荒げながら頷く綾乃。

もうすっかり見知った彼女に戻り、ようやく沙夜の口元に自然な笑みが浮かぶ。

「ちょっとビックリだったんだけど、沙夜ちゃんって、ちゃんと東條のこと好きだったんだね。私、東條の片想いだと思ってた」

「へっ？　な、何でそうなるんですか？」

「さっき、東條のことウザいって思っても、嫌いになったことはないって言ってたから」

「……十年以上もわたしのことを想ってくれて、何でも一生懸命頑張ってくれて、精一杯ついて来てくれる人のことを、嫌いになる方が難しいです」

「それって、好きってことなんだね？」

「ええ、まぁ。嫌いになる方が難しいと……」

「好きって言って」

「嫌いに！　なる方が！　難しいんですぅ！」

声を張り上げて、ピッピッとエアコンの温度を下げた。

顔が燃えるようだ。彼女が求める言葉は、まだ自分には重過ぎる。

「だったらそう言えばいいのに。東條に」

「そうしようと思った時期もありますよ。中学の頃に。でも……」

「でも？」

「単純な話なんですけど、やっぱり告白して欲しくないですか？　付き合ってくれって、お前が欲しいって。向こうの口から言ってもらいたいんですよ」

「わ、わかる‼」

綾乃はテーブルに両手をつき、猛烈な勢いで身を乗り出した。

「綾乃ちゃんの場合、まずは藤村さんに惚れてもらわないと」

「……そうだね」

盛り上がったテンションは、その一言で塩を被ったナメクジのように情けなく溶けて消えた。

♣

「痛っ！」

京介からキャンプでの出来事をひと通り聞いた琥太郎は、気がつくと彼の頭に軽く拳骨をかましていた。

閑静な住宅街に京介の鈍い声が響き、彼はすぐさま「何するんだよ！」とこちらを睨みつける。

「すまん。何かムカついて」

「謝るなら最初からするなよっ。これ以上身長が縮んだらどうするんだ……！」

京介は頭頂部をさすりながら涙目で訴えた。

「……で、ムカついたって何に？　僕、お前に何もしてないぞ」

「俺にっていうか、フジの綾乃ちゃんへの態度にっていうか」

「態度？」

「お前、自分が百パーセント被害者だと思ってるだろ」

その問いに、京介は意味がわからないといった顔で首を傾げた。

「別に俺は、秘密があることを責めてるわけじゃねぇんだぜ。俺だって沙夜に言えないことあるし、親とかに言えないことはもっとあるし」

「お、おう」

「フジは自分の秘密を隠し通すために、綾乃ちゃんに謝らせたんだよな」

「そう、なるな……」

「んで、綾乃ちゃんは自分がフジの地雷踏んだことを引きずってて、お前はそれをわかってるくせに何もしない」

「い、いや、課題一緒にやろうって誘っ――」

「それで何したんだよ。ただ黙って、落ち込んでる綾乃ちゃん見てただけだろ。ぶっちゃけ、俺たちがいてよかったと思ってんじゃねぇのか。気まずさが和らいだって」

図星だったらしく、京介は頭頂部の痛みも吹っ飛んだのか、外の気温が嘘のような青い顔でこちらを見つめた。

「綾乃ちゃんを課題に誘うとか、家に入れるとか、そういうのがフジにとってすごく大変なのは理解してるぜ。でもな、向こうは落ち込んでるんだ。ただそこに置いといて、いつもみたいにフジのこと楽しませてくれるとか期待してんじゃねぇよ」

「……」

「ちゃんとケツ拭けねぇなら、聞かれた時点で全部喋っとけ。それかもう関わるな。フジがおどおどしてるから、綾乃ちゃんは色々不安になって、あんな感じになってんだぞ」

正直、酷なことを言っている自覚はあった。

琥太郎の交友関係の中で、京介は間違いなく一番ひ弱だ。それ自体は仕方がないし、文句を言うつもりもない。

しかし、だからといって、女の子を雑に扱っていい理由にはならない。それが意図的ではないにしても、どうしたって腹が立つ。

「……東條」

「ん？」

「……僕、もう一発殴られといた方がいい気がする」

さっきは相当手加減していたため、今度はやや力を込めて拳を振り下ろした。

京介は数秒悶絶するが、今度は文句を垂れず代わりに「ありがとう」と会釈する。こういう律儀なところは、正直尊敬できる。

「確かに綾乃が騒いで当たり前、みたいに思ってた。あいつが静かなのが悪いって……」

悔しそうに、申し訳なさそうに言って肩を落とす。

あまりに弱々しい声音に、そこまで落ち込むことじゃないと肩を叩いてやりたいが、今回はやめておこう。京介のためにならない。

「やっぱり彼女持ちは違うな。僕、全然そこまで気が回らなかった」

「彼女持ちって、俺、誰とも付き合ってねぇぞ」

「えっ？　し、詞島さんは？　いつも好きって言ってるだろ？」

「好きとか挨拶みたいなもんだし。……何つーか、一歩踏み出す勇気が出ねぇんだよな。こっちがマジになったら、沙夜が断らないことはわかってるんだけどよ」

京介に散々偉そうな台詞を垂れたが、琥太郎自身、自分を完璧だとは思っていない。

告白できないのは、単純に怖いからだ。きっと断られはしないだろう。それ故に、自分の言葉一つで簡単に関係が変わってしまう。

たちが悪いことにこの口は、沙夜を妹みたいなものだと言って、距離を縮めた気になっている。こんなバカな自分を、いつだって殴り飛ばしてやりたいと思っている。

「おい、そっちはうちじゃないぞ」

道を右に曲がると、後ろから京介に声をかけられた。

「わかってるって。さっき調べたんだが、こっちにケーキ屋があるらしいんだ」

「あぁ、確かにあるけど。ケーキなんか買ってどうするんだ？」

「落ち込んだ綾乃ちゃんを、元気づけなきゃいけねぇだろ。女子のご機嫌を取るには甘い物って、白亜紀から相場が決まってんだよ」

「機嫌取るのは賛成だけど、ケーキって……」

「俺は今まで何度も、ブチギレた沙夜をケーキでなだめてきたんだぜ。何十個単位で渡したら、結構な確率で笑ってくれるんだ」

「……それ単純に、呆れて笑うしかないだけなんじゃ」

そんなわけがない。

確かに沙夜へのプレゼントで数々の失敗をしてきたが、これだけは自信を持っておすすめできる。

「っていうか、そんなに買っても食べ切れないし。綾乃は食事制限とかしてるのに」

「全員で食うんだよ。フジも気合出せば、十個くらい入るだろ。余ったら家族に回すとか、明日食えばいいんだし。綾乃ちゃんもアイス食う気はあるんだから、ケーキもいけるって」

「そ、そうかぁ……？」

「想像してみろ。家の中でケーキバイキングだぞ、面白くないはずないって。……そんなに信じられねぇなら、フジが代案出せよ」

京介はうんうんと唸りながら考え込むが、待てど暮らせど案は出てこなかった。

「……自宅ケーキバイキング以上に、面白いことってないかも」

「だろ！　わかってくれてよかった！」

「ちょうどバイト代も入って、予算もあるし。……これ、いけるな」

「やっちまえ！　三十個くらい買って、度肝抜いてやろうぜ！」

炎天下の中を、ケーキ屋目指して全力で走る。

きっと楽しくなるぞと、期待に胸を膨らませながら。

ある日の2人『怪談大会』

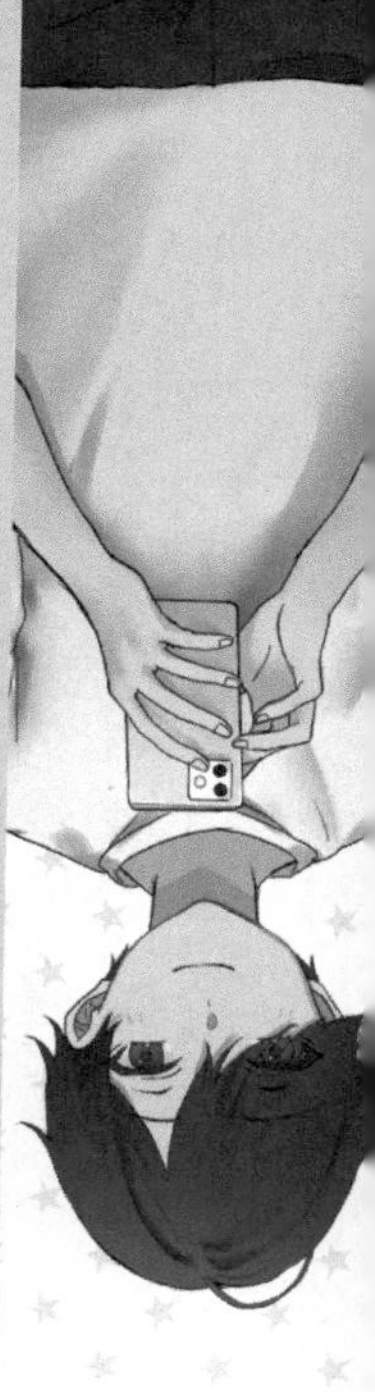

あやの

怪談大会のお時間です 23:20

きょー

既読 23:26 え？

あやの

今夜は寝られなくなるよ 23:26

あやの

音声通話 1:20 0:46

きょー

既読 0:47

あやの

待って 0:47

あやの

私が寝るまで待って 0:47

第6話　どっか遊びに行こうよ

♠

午後六時頃。

ようやく綾乃の課題が片付いた。

琥太郎の課題も残すところ僅かで、あとは沙夜の家でやると帰宅。京介と共に二人を駅まで送り、並んで帰路につく。

「ぷっ……くふっ、ぶふ、んふっ……！」

「いつまで笑ってるんだよ。もういいだろ？」

「い、いやだって、思い出しちゃって……！」

おかしそうに口元を覆って喉を鳴らす綾乃。

つい数時間前のことを思い返し、京介はどっと息を漏らす。

意気揚々と大量のケーキを買って帰ると、沙夜から真っ先にアイスはどうしたのかと質問された。コンビニの袋の中に入ったアイスは液状になっており、食べられたものではない。

そこから、どうしてケーキを買って来たのか説明すると、綾乃を子供扱いするなと説教を受けた。更に沙夜自身、ケーキで許したことは一度もないと告白し、琥太郎は衝撃の真実に驚愕していた。

京介にとって救いだったのは、一連のバカなやり取りを見て、綾乃が笑ってくれたことだ。

しかし、これが彼女のツボにハマったらしく、不意に思い出してはクスクスと腹を抱えている。

「でも、あのケーキ美味しかったね。京介のおかげでいっぱい食べれたし」

「……僕はもう、三ヵ月くらいケーキいいや」

胃袋的にもカロリー的にも、綾乃が複数個のケーキを食べるのは難しい。

そこで京介は、彼女が一口二口食べた物の残りを自分が請け負うと言った。

沙夜も協力すると手を挙げ、綾乃は合計十種類のケーキを味わうことができた。当然、その分だけ京介の負担は増加したわけだが。

本当に大変だったが、いい一日だった。

沙夜や琥太郎に会って話せて、綾乃とも一日過ごせた。夏休みの終わりを飾る一日としては、申し分ないだろう。

「明日から学校かぁ」

「全然遊べなかったよね」

楽し気に話す中学生ほどの男女とすれ違った。

デート中なのだろうか。仲睦(むつ)まじそうに手を繋(つな)いで、ファミレスに入って行く。それを目で追う綾乃に、京介(きょうすけ)は「どうしたんだ?」と声をかける。

「お腹(なか)減ったなら、寄ってもいいけど」

「へっ? い、いや、違うよ。気にしないで」

前へ向き直り、再び歩き出す。

八月末の夕暮れ。

この時間帯でも暑く、綾乃は羽織っていたシャツを脱いだ。下にはタンクトップを着ており、汗で生地が背中に張り付く。裾を摘まんで服の内側に空気を送り込むと、肌がチラチラと覗(のぞ)き視線のやり場に困る。

「……夏休み、終わっちゃうね」

「そうだな」

天気予報を見なくても明日が殺人的な暑さなのは明白で、どうせしばらくは蟬(せみ)の音も鳴りやまず夏の空気は抜けない。

それでも、高校一年生の夏は今日で最後。

悔いがない、と言うと嘘になってしまう。

だが、悪くはなかった。沙夜と琥太郎、何より綾乃のおかげで、満足のいく充実した八月を過ごせた。

「ねえ」

「ん？」

「どっか遊びに行こうよ」

「いいけど、いつ行くんだ？」

「……今から」

汗と唾液で濡れた綾乃の唇に、揺れた横髪の毛先がくっ付いた。

それを払い除けて、ちろりと舌を出し唇を拭う。

「うわぁ！　惜しいー！」

「だから言っただろ。もうちょっと右だって」

数分後、京介は綾乃に連れられゲームセンターに来ていた。

来て早々、綾乃はクレーンゲームに二千円ほど投入。目当てのものがするりとアームから零れ落ち、悔しそうに声を漏らす。

「この犬、そんなに欲しいのか？」

ガラスの奥にあるのは、可愛い犬のぬいぐるみキーホルダー。

スマホでのメッセージのやり取りの際、彼女がよく使用するスタンプのグッズだ。

「だって可愛いじゃん。あの犬のシリーズ、どれも好きなんだよね。京介も好きでしょ？」

「いや、シリーズとか言われても知らないし……」

「京介が使ってる猫のやつと、同じシリーズなんだよ。『ニャン子とシバ太』って言うの。もしかして、知らないで使ってたの？」

「ほら」と指差された先を見ると、京介がよく使う猫のスタンプがぬいぐるみキーホルダーになってクレーンゲーム機に入っていた。

言われてみると、確かにイラストのタッチが同じだ。

まさか二つで一セットだったとは。

「よーっし、もう一回！」

チャリンと百円玉を投下。

真剣な表情でボタンを押しながら、アームの挙動を目で追う。下降したアームはキーホルダーをガッチリと掴み、上へあがってゆく。

「あっ！　京介、見てみて‼」

キーホルダーは途中で落下することなく、ガコンと穴に落ちた。

綾乃は急いでそれを取り出し、「やったー！」と優勝トロフィーのように高らかに掲げる。

「はいっ。これ、京介にあげる」

「え？　いや、悪いって。欲しかったから、あんなにお金かけたんだろ？」

「最初からあげようと思ってたんだよ。今日、ケーキたくさん買ってくれたからそのお礼。私だと思って大事にしてね！」

半ば強引に押し付けられ、京介は「あ、ありがとう」と軽く頭を下げた。

最後のは冗談だと思うのだが、綾乃には犬っぽいところがあるため、そう言われると彼女に見えて仕方ない。

「じゃあ次、猫のも――」

「もうやめとけよ、お金がもったいないから。どうせお金使うなら、二人で遊べるのがいいだろ」

綾乃の金銭感覚的には、千円も二千円もたいした出費ではないのだろう。

それは理解しているが、湯水の如く小銭が消費されているところを見るのは辛い。

「んー、それもそっか。京介は普段、何して遊んでるの？」

「……普段って言われても、最後に来たの中学の時だし。当時は格ゲーとかよくやってたな、一緒に行ってたやつの趣味で。僕はほとんどサンドバッグだったけど」

「ふーん。……男の子？　女の子？」

「え？　お、女友達だけど、何でそんなこと聞くんだ？」

「……別に、何となく」

一瞬だが、綾乃の目つきが今まで見たことのないものに変わった。

冷たいわけではない。かといって、温かいわけでもない。常温かというとそうでもなく、とても不思議な温度に緊張が走る。

「か、格ゲーはやめとこう。操作難しいし、客層もちょっと怖いから」

理由はわからないが、この話題はまずいと思った。

ゲームはいくらでもある。無理に格ゲーをする必要はない。

「僕のはいいから、綾乃がどういうことして遊んでたのか教えてくれよ。メダルでもホッケーでも、何でも付き合うから」

「私？　私はよくプリクラとか撮ってたよ」

言うや否や、「あっ！」と店内の騒がしさに負けない声を張り上げた。

「うん、いいねプリクラ！　そういえば、京介と写真撮ったことないし！」

京介は、昔から写真が嫌いだった。

特に誰かと一緒に写ると、どうしたって自分の小ささが浮き彫りになってしまう。

当然、綾乃と撮るのも気は進まないのだが、嬉しそうに自分の手を引いて歩く彼女を止めるのは忍びない。まして、何でも付き合うと言った手前、プリクラは嫌だと口にする勇気など持ち合わせていない。

「うわっ。プリクラの中って、結構暑いんだな」

「空気こもってるしね。っていうか、初めてなの？」

「僕がこういうのと縁あるように見えるか？」

その切り返しに、綾乃はニマニマと口元を緩めた。

よくわからないが、機嫌を取れたらしい。

「ちょっと待って。僕も半分出すから」

「へ？　あっ、そ、そうだね。ごめんごめん！」

プリクラは一回四百円。

既に用意していた小銭を投入しかけた綾乃を制止して、京介は急いで財布を取り出す。

(こいつ、こういうのも全部自分が出してたんだろうな……)

綾乃は中学生の頃、同級生からたかられていた。

最近はすっかり意識しなくなったが、こういうところで過去の影を踏むとは思わなかった。きっと他にも、無意識のうちに刷り込まれたものがあるのだろう。

そう思うと、やはり腹が立つ。

気にしても仕方のないことなのに、ハラワタが熱を持つ。

「京介、また変なこと考えてるでしょ。眉がにゅってしてるよ?」

「……ご、ごめん。たいしたことじゃないから」

綾乃に手首を掴まれ、思い切り引っ張られた。

「今はちゃんと笑って。じゃなきゃ、嫌いになるからね」

「えっ」

「嫌いになってもいいの?」

「……それは、だ、ダメだと、思う」

「思う?」

「だめっ……ダメ、です」

「好きでいて欲しい？」

「……う、うん」

無理やり絞り出された言葉に京介は頬を焼くが、そうして上げた温度の分だけ綾乃の口角が溶けた。

「な……っ!?」

突然綾乃は、京介を強引に抱き寄せる。

いつかホラー映画鑑賞をした時に感じた、異性のやわらかさ。季節が夏ということもあり、今日はあの日よりもかなり薄着で、下着の硬さをより明確に感じる。

「ちゃんとくっつかなきゃ、同じ画角に収まらないでしょ？」

「だ、だからって近過ぎるだろ……！」

「嫌なら、今すぐ三十センチくらい身長伸ばして」

「無茶言うな！」

薄いナイロンの暖簾を一枚隔てた外を、男子の集団が談笑しながら通って行った。

ここが自分の部屋でも綾乃の部屋でもないことを再認識させられ、京介の頭はぐつぐつと沸騰する。

「今日はごめんね。私、一人で空回りしてた」

そっと耳元で囁かれた声。

急に京介の頭から熱が失せ、彼女の腕を緩く掴む。

「僕もごめん。綾乃のこと、全然考えてなかった」

「……じゃあ、お互い様だね」

そう言ってくれることが、京介にとっては堪らなくありがたかった。

悪いのはどちらかと言えば、自分の方なのに。

「ほら京介、笑って」

京介は必死に、慣れない笑顔を捻り出す。

これが少しでも贖罪になるなら、と。


「……酷い顔してるな、僕」

「そう？　私は面白くて好きだけど」

「別に僕、面白くしようとか思ってないんだけど……」

ゲームセンターを出た頃には、時刻は午後八時に迫りかけていた。

夜風に吹かれながら、撮影したプリクラを見つめため息を落とす。

写真慣れしていないのと、綾乃に密着されて緊張しているのが相まって、想像以上の変

顔に仕上がっている。

「ねえ、アイス買って帰ろうよ」

「あれだけケーキ食べたのに、まだ甘い物食うのか？」

「今日はどれだけ食べても太らない日なんだよ。それに、アイスはどっかの誰かが溶かしちゃったから食べそびれたし」

藤村家の冷凍庫内で再冷凍中のアイスを思い浮かべながら、京介は閉口した。

コンビニに寄り、綾乃はアイスを購入。

二本が繋がって一セットになったチューブ型のアイス。それを店先で開封し、「これでカロリー半分だから」と片方を京介に渡す。

その理屈はどうなのだろうと思いつつも、久々に誰かとシェアしたチョココーヒー味は、いつもより美味しい気がした。

右にアイス、左に綾乃の手。

騒がしい駅の方面に背を向け、静かな方へ、静かな方へと、歩幅を揃えて歩いてゆく。

「……何でだろうね」

「ん？」

「何で、夏休みって終わっちゃうんだろうね」

みょうちきりんな疑問に、「はぁ?」と京介は首を捻った。

「だってさ、明日も明後日も休みだったら、ずっと遊べるんだよ。それなのに、今日で終わりなんてあんまりじゃない?」

「小学生みたいなこと言うなよ……」

「じゃあ、京介は私と遊びたくないんだ。ずっと休みだったら、もっと色んなとこに行けるのに」

ぷーっと頬を膨らませて不機嫌そうに眉を寄せた。

明日が休みだったら映画館に行きたい。明後日も休みだったら、花火をするのもいいだろう。それらは京介にとって、当然楽しい出来事だ。

しかし、至福とは言い難い。

「僕は……学校に行くのも、好きだよ」

小さく零して、視線を上げた。

「去年の今頃は、学校がすごく嫌だったけど。でも、明日からまた、教室に綾乃がいるし」

「学校の中じゃ、私にあんまり話しかけないくせに……」

「それはそうだけどっ。……家に寄って、勉強しながら映画観る時間が好きだし、作ってくれる晩御飯も美味しいし。帰る時に、また明日って言うのも僕は好きだよ。だから、夏休みがずっと続くのは困る。楽しみは来年にとっておきたい」

今日は楽しいし、昨日も楽しかった。そして今は、きっと明日も楽しくなると信じられる。

彼女のおかげで、そう思えるようになった。

こちらの意思が伝わったのか、綾乃は「そっか」と呟いて残り僅かなアイスを吸い切った。ぷはっと冷たく甘い息を漏らして、こちらにやわらかな笑みを向ける。それがあまりにも眩しくて、据えていた視線をゆっくりと落とす。

「……楽しかったよ、今年の夏は。僕が経験した中で、一番楽しかった」

「来年も同じこと言うことになるよ」

「そうかな」

「そうだよ。絶対に」

八月三十一日。午後八時すぎ。

外灯の光を受けて、手と手で繋がった一つの影が足元から伸びてゆく。

京介は踏み出す。いつもより少しだけ軽い足取りで、大きな一歩を。

第７話　京介は別だもん

♠

文化祭。

それは、年に一度の学校を挙げたお祭り。

京介の高校では、受験を控えた三年生以外の全てのクラスが何らかのイベントを企画するのがルールだ。

喫茶店、お化け屋敷(やしき)、屋台。そういった定番の企画を行うところもあれば、演劇や自主製作映画など、難易度の高いものを提供するクラスもある。

高校に入学して、最初の文化祭。京介のクラスが行う企画はというと、

「えーっと、では皆さん、完成した人から順に帰ってくださーい」

教室の前に立つクラス委員の言葉に、クラスメートたちは「はーい」と気怠(けだる)そうな声を返す。

机に置かれた一枚の画用紙と鉛筆。黒板にデカデカと書かれた、『自画像展』という文

字。

話し合いと多数決の結果、京介たちのクラスは自画像を描いて展示するという、おおよそやる気のないことが丸わかりな企画をすることになった。

(何でこう、うちのクラスはまとまりがないんだろうな……)

そう内心毒づくが、もちろん口には出さない。話し合いの際、やはりというか当然というか、京介は一切発言せず成り行きに任せていたのだから。

こうなったのには、仕方のない部分もある。

文化祭での出し物には、部活単位でも参加可能だ。

しかもそこでの売り上げは部費にすることが認められており、血気盛んな運動部が多いこのクラスの面々は、時間的都合でクラスの出し物への参加が難しかった。

かといって部活を理由に不参加を認めることはできず、絵を描いておいて適当に飾り付けするだけで済む自画像展が最適という判断になった。

(……まあ、楽でいいけどさ)

スマホで自分の顔を確認しながら、淡々と鉛筆を走らせる。

絵を描くのは好きだ。

描いた線は喋らないし、出来上がったものは文句も言わない。自分だけの世界に好きなだけ浸っていていいと、鉛筆の芯が安心感をくれる。

「……よしっ」

これくらいでいいだろう。

クラスの出し物なのだから、気合を入れ過ぎても浮いてしまう。下手過ぎない程度でちょうどいい。

完成したものを教卓の上に置きに行き、軽く教室を見回す。

既に四分の一ほどが帰宅しており、残った面々も雑談を楽しむばかりで、真面目には描いていない。

その中で、綾乃(あやの)は黙々と鉛筆を走らせていた。

絵が好きなのだろうか。そう思って、何の気なしに机に近付くと、

「何か意外だな」

「……まあ完璧な人っていないし」

綾乃の近くの席に座る男子二人が、ごにょごにょと難しい顔をした。彼女の絵を見ながら。

それを聞いて、カーッと顔を赤くする綾乃。

京介が遠目から覗(のぞ)くと、そこにあったのは、

（お、おぉ……）

思わず心の中で感嘆の声を漏らしてしまうほど、彼女の美貌が一ミクロも反映されていない、極めて下手くそな自画像だった。

「もぉやだー！　だから私、写真展にしようって言ったのにー！」

放課後の教室。

クラスメートは全員帰ってしまい、残ったのは綾乃と京介の二人だけ。

彼女は未だ自画像を完成できず、泣き出しそうな勢いで言いながら机に突っ伏した。

「仕方ないだろ。多数決でこうなったんだから」

やる気のないこのクラスは、自画像展にするか、写真展にするかで揉めていた。

作業的には、写真展の方が楽だと思われた。

しかし、一人一枚二枚の展示ではまずいから最低でも十枚は何か撮ってきてくれと担任に言われ、写真展派側から脱退者が生まれ今に至る。

「それで出しちゃダメなのか？　丸の中に目と口描いて完成、とか言ってるやつもいたぞ」

「……私の絵、そのレベルって言いたいの？」

「違う違う！　みんな適当にやってるんだから、真面目にやる必要ないって意味で……！」

「沢山の人に見られるんだよ？　私のこと、モデルだって知ってる人も見るんだよ？」

不安そうに、悔しそうに、綾乃は唇を噛んだ。

なるほど、と京介は内心頷く。

彼女は外面だけ見れば、勉強運動何でもこいの完璧超人だ。高校一年生とは思えない圧倒的な美女が描いたのがこれでは、失望する人間が出てもおかしくはない。

「……京介のせいだ」

「何でだよ」

「だって！　多数決の時、一票差だったし！」

確かに京介は自画像展に投票したし、たった一票の差で自画像展に決定したわけだが、それで非難を受ける謂れはない。

京介は他人面で肩をすくめるが、綾乃があまりにも情けない目でこちらを見るため、若干の罪悪感を覚える。

「……僕に手伝えることあるか？」

仕方なく尋ねると、綾乃は手のひらをくるりと返して、満面の笑みを浮かべた。

「私の代わりに描いて！」

「そんなことしたら絵柄でバレるぞ」

「じゃ、じゃあ、まず京介が描いて、私がそれを模写するから！　それならいいでしょ？」

「うーん……まあ、それなら……」

正直なところキャンプでの一件について、京介は未だに負い目を引きずっていた。ケーキ程度で済ませてよかったのだろうか、と思っていた。

今回手伝うことで、この気持ちがいくらか和らぐなら絵を描くくらい容易い。もちろんこんなこと、彼女には言えないが。

「格好よく描いてね！」

そう言ってピンと背筋を伸ばし、以前雑誌で見たような凛とした表情を作った。

京介は鞄からシャーペンを取り出して机の上の用紙に向かい、早速作業に取り掛かる。

（……にしても）

四月から今日まで、綾乃と過ごした時間は家族の次に長い。

その顔もすっかり見慣れてしまっていたが、こうして改めて観察すると、

（意味わからないくらい美人だよな、綾乃って……）

艶々な髪に、透き通った肌。

顔のパーツも一流の人形師が腕によりをかけて作ったようで、いい意味で特徴がなく描きやすい。

その上、男性顔負けに長身で、スタイルもいいのだから、前世でどれだけの徳を積めばこうなるのだろうか。

「っ……っ、っ……」

「おい、動くなよ」

十分ほど経つと、綾乃の目元がピクピクと痙攣し始め、キリリと引き締まっていた頬が波に攫われた砂山のように崩れ出した。

「ご、ごめんごめん」

綾乃はもにゅもにゅと頬を揉んで、再度仕事モードに突入した。

その凛々しい表情は本当に美しく、おそらく万人が格好いいと評するだろう。沙夜があれだけハマるのも理解はできる。

「瞬きまで我慢しなくていいんだぞ」

「あ、うん。そうだねっ」

言うと、綾乃はゆっくりと瞼を落とし、そして開いた。

睫毛のカーテンの奥には、海の底のような美しい藍色の瞳が輝いており、京介だけを映して離さない。

緩やかに弧を描きながら閉じた唇は、化粧品によるものかシワを感じさせず、人工物のような違和感を与えない程度に艶やかだ。乾燥が気になるのか、桜の花弁のような舌先がわずかに唇をなぞって、割れ目の中へ消えてゆく。

「……っ、うっ、……っ」

またしても、綾乃の表情が溶け出した。

イケメン面が子供じみただらしない笑みに変貌し、京介は手を止める。

「どうかしたのか？」

「……きょ、京介が」

「えっ、僕？」

「京介が……わ、私のこと、見るからっ」

「見るだろ。似顔絵描いてるんだし」

「そんなに見られたら照れるじゃん！　どうしてくれんの⁉」

「いや、照れるとか言われても……」

「見ないで描いて！」

「できるかそんなもん！」

ふしゅーっと湯気があがりそうなほど、綾乃の顔は焼けていた。

ふと疑問が湧き、京介は首を傾げる。

「大体綾乃は、見られるのが仕事みたいなもんだろ。いちいち照れてたら、仕事にならないんじゃないのか」

「……京介は別だもん」

「えっ？」

「何でもない‼」

ふんすと勢いよく鼻を鳴らして気合を入れなおし、綾乃は表情を凛と正した。

♥

「できた」

あれから三十分ほど経った。

何とかモデルとしての役割をまっとうしていた綾乃は、ようやく緊張から解放され「ふはぁー」と椅子の背に体重を預けた。

京介は消しカスを集めてゴミ箱に捨て、どっと疲労混じりの息をつく。作業中はかなり真面目な顔をしていたため、相当集中していたのだろう。

「見せてよ。楽しみだったんだ」

そう言って、伏せていた紙を手に取った。

目を見張る。息を呑む。すごい、という感想以外に何も見つからない。

絵が上手いことは知っていた。見たことだってある。

それでも、これは一味違う。

「す、すごい！　すごいよ京介！　プロじゃん！」

「何のプロだよ。こんなのでお金貰えるなら、皆大金持ちだぞ」

彼は呆れたように言うが、これにお金を出す人間が世の中にいたってまったく不思議ではない。それほどに上手で、魅力的な絵だ。

「……こんなことになるなら、美術部に入っとけばよかったな」

そう口にして、心底残念そうにうなだれた。

「何で？　私は好きだよ？」

「いや、だって……」

視線を落としながら、口元へ手をやった。

その手はシャーペンの芯の粉で汚れ、真っ黒に染まっている。

「本物より綺麗に描きたかったけど、全然上手くいかなかった」

京介は至極真面目なテンションで真剣な話をしているのだが、受け取る側はそう単純ではなかった。

本物の綾乃を綺麗と認めた上で、本物を超えようとしてくれたことが堪らなく嬉しい。

そこまで見てくれた事実が、耳まで赤く染め上げる。

「私って……この絵の私より、綺麗なの？」

「そりゃそうだろ」

即答され、溢れて零れそうなほどの嬉しさに顔が溶ける。

先ほどのように、だらしなくなってしまう。

「悪いんだけど、描き直させてもらっていいか？　せっかく直に見させてもらってるのに、こんな出来じゃ納得できない」

京介の提案に、綾乃はふるふると身体を横に揺らす。

似顔絵が描かれた紙で、自分の顔を隠しながら。

「あんまり上手過ぎたら、私が描き写せないでしょ？」

「……あぁ、それもそうか」

もっともらしいことを言うと、京介は素直に引き下がった。

綾乃は縮こまりながら、モダモダと小さく足踏みをする。

少しでも早く、熱を逃がすように。

♠

「よーし、完成！」

数十分後、綾乃はようやく模写を終えた。

「どう？　これなら見た人もガッカリしないよね！」

「うん。いいんじゃないか？」

模写にも技術が必要なため、京介が描いたものよりかなりクオリティは落ちるが、これくらいなら悪目立ちはしないだろう。

完成した絵は、一旦担任が保管することになっている。

綾乃は「ちょっと出して来るね」と立ち上がり、扉の方へと歩いてゆく。

「ん？」

聞き慣れた着信音が響き、ズボンのポケットに手を当てた。

違う。自分のではない。

見ると、音の出所は机に置きっぱなしの綾乃のスマホだった。

いつも使用している、メッセージアプリからの着信。画面に表示された名前を見た瞬間、ピキッと京介の表情が硬直する。

――イオリ。

見たこともない名前だが、何となく男っぽい。

おそらく、下の名前をカタカナに変更したのだろう。

「あ、綾乃、電話が――」

「ごめん！　すぐ出るから！」

踵を返して凄まじい勢いで走って来たかと思うと、スマホを攫って教室を出て行った。

（な、何だ？　そんな急がなきゃならない相手なのか……？）

何を話しているかまではわからないが、遠ざかっていく声はとても明るい。

自分と話している時のような、楽しそうで、嬉しそうな声だ。

「……」

きっとただの友達だろう。

もしくは、仕事相手とか。

そうだ。それ以外に考えられない。他に何があるというか。

「……他……に……」

独り言ちて、一瞬見ないフリをした可能性に目を向けた。

あの慌て方。あの声。まさか電話の相手は、彼氏なのではないか。

綾乃は誰が見てもどこから見ても美人で、性格も相当いい。抜けたところはあるが、そこを補って余りある魅力を搭載している。

まだ決まったことではないが、電話の相手が彼氏だったとしても、不思議に思う余地はないだろう。あれだけ素敵な女性なのだから。

（……やばい。何だこれ……）

フツフツと何かが湧く。

それは黒くて、熱くて、冷たくて。

ゆっくりと、心を侵食してゆく。

「……っ」

わけもわからずに、頭を抱えた。

今はひたすらに、気持ちが悪い。

第8話　ビビッときちゃった

♠

文化祭当日。

朝目覚めた京介は、今月に入って何度目になるかわからないため息を漏らした。

イオリ。

あの日見た名前が、食事をしていても風呂に入っていても脳内でチラつく。綾乃のあの楽し気な声が、頭蓋骨の中で反響する。

意を決して誰なのか尋ねたが、「学校の人」と一言で片づけられそれ以上わからなかった。

しかもここ二週間、一度も放課後に会うことはなく、メッセージを送っても忙しいのか簡素な対応が続く。そういう一つ一つが、京介の中のモヤモヤを加速させる。

【あやの：今日は楽しみにしてて】

日付が変わった瞬間に送られてきていたメッセージを見て、京介は目を細めた。

（……もしかして、僕に彼氏を紹介するとか、そういう話か？）

もしそうだとしたら、とても喜ばしいことだ。

祝福すべきだ。お幸せにと拍手を贈ろう。

そう。そうすべきだと、頭では理解しているのに――。

（ダメなやつだな、僕は……）

ミジンコ一匹分も気が進まない。

しかもたちが悪いことに、どうして自分の心がこのような動きをしているのかわからない。わからないのに気分を悪くして、本当にバカみたいだ。

「了解……っと」

スタンプを送って、スマホを投げた。

一応、祝福すべき事態だった時に備えて台詞を考えておこう。

「あぁあああ……」

枕に顔を押し当てて、言葉にならない声を腹から吐き出した。

久しぶりだ。ここまで学校に行きたくないと思うのは。

この高校の文化祭は一般公開されており、開場の午前十時になると外部からの客が校内に流れ込む。

そのため、多くの生徒は準備で大忙し。

しかし京介には、何の仕事も任されていない。

クラスメートの数名から展示場の設営を押し付けられ、綾乃に会う用事がなかったため快諾した結果、受付のシフトを免除された。登校しても特にやることがなく、図書室で本を読みながら時間を潰す。

「そろそろか……」

時計を見ると、午前九時五十九分。

ぼーっと眺めているうちに、カチッと長針が動き12に触れた。

文化祭が始まったことを放送委員が知らせ、図書室の外が一層騒がしくなってゆく。そろそろ出るか、と腰を上げたところで、

【あやの：どこにいるの？】

スマホに表示されたメッセージを見て、ドッと身体に重りが載った。

彼女は今日、何を言うつもりなのだろう。

いいことか悪いことかもわからないのに、この頭は勝手に色々と妄想して、勝手に落ち込んでしまっている。

「……もう帰ろうかな」

そう独り言ちてうじうじとしている間に、十分、二十分と時間が流れていった。

嘆息を一つ落として、天井を仰ぐ。

中学の頃からまるで成長していない自分に、このまま唾を吐きかけたい気分だ。

「沙夜(さよ)ッ‼」

ジメジメとした憂鬱な気持ちを吹き飛ばすように、凄まじい勢いで誰かが図書室の扉を開いた。その音と尋常ではない声量に、京介はピンと背筋を伸ばす。

「と、東條(とうじょう)？」

「おうフジ！　何してるんだ、こんなとこで？」

「何してるも何も……」

むしろそれは、こっちの台詞だった。

顔は汗でびっしょり。ゼェゼェと肩で息をしており、一体何をしていたのだろう。

「あ、そうそう！　ここに沙夜来てないか⁉」

「来てないけど、急ぎの用事なら電話かけたらどうだ？」

「かけても出ねぇんだよ！　あいつ、ちょっと目を離した隙に迷子になったんだ！」

「お前のことが嫌で、どっか行っただけじゃないのか……？」

「外部からも人が来てるってのに！　変な男に言い寄られてたらどうしよう……‼」

「……詞島さんだったら、普通に撃退すると思うけど」

綾乃の陰口を叩いていた連中に、単身突撃するような女の子だ。相手が男だったとしても、臆することなく言いたいことを言うだろう。

「まあでも、暇してるから探すの手伝うよ」

ここにいても仕方がないことはわかっていた。

帰るにしても、留まるにしても、困り事を抱えた友人を助けてから決めればいい。

「……東條はさ」

図書室を出てすぐ、彼の背中に声を投げかけた。

琥太郎は「ん？」と首を捻って、一歩分先で立ち止まり京介の横に並ぶ。

「仮に……もしもの話、だぞ。詞島さんに彼氏ができたら、どうするんだ？」

「はぁ？　何だそれ」

「別にあり得ない話じゃないだろ。東條たちは、付き合ってないんだから」

「んー、そりゃそうだな。うん。そん時は流石の俺も腹括って、沙夜に付き合ってくれって頭下げるんじゃないか？　ずっと好きだったたって」

「……何かそれ、格好悪くないか？」

「格好悪いし、沙夜のことを考えたら黙っとくべきなんだろうけど、俺の気持ちだって大事だろ。他人は俺の気持ちを正直に喋(しゃべ)れないんだから、俺が喋ってやらなきゃ可哀(かわい)そうだ」

サラッと何でもないように吐いた言葉に、京介は目を見張った。

自分の気持ちを、他人が正直に喋ることはできない。まったく当然のことなのだが、初めて触れた考え方に驚きが走る。

（……でも、僕には無理だな）

それができるのは、琥太郎レベルに自己愛がある人間だけだ。

自分に同じことはできない。

「しかしまあ、流石の俺もそうなる前には諸々(もろもろ)に決着つけるつもりだぜ。彼氏持ちに対して告白するとか、関係者全員が損することはしたくねぇからな」

「……でも、もしもの時はするんだろ？」

「おう！」

そんないい返事をされても困る。

「こっち向いてー！」

「写真撮ってくださーい！」

「さ、サインお願いします！」

しばらく歩くと、廊下の遥か前方で人だかりができていた。

この学校の生徒や私服姿の部外者、同級生から上級生まで。手前からずっと先まで全て女子で埋まっており、キャーキャーと黄色い声で廊下を満たす。

「アイドルでもいるのか？」

「そんなイベントがあるなんて聞いてないけど……」

「……ん？　沙夜の声がするぞ」

「何で聞き分けられるんだよ⁉」

琥太郎の超能力じみた聴覚に度肝を抜かれたのも束の間。

彼は海流に乗った魚のように、凄まじい速度で人ごみに突っ込んで行った。ガタイのいい金髪の男が女子の海に潜行する様は犯罪じみている。

仕方なく、京介も琥太郎に続いた。「すみません」「ちょっと通ります」と声をかけつつ、彼が切り拓いた道を歩いてゆく。

「いいですねー！　いいですよー！　視線くださーい！」

パシャパシャ。

パシャパシャパシャ。

どこから持って来たのか一眼レフカメラを構え、特大のスクープを目の当たりにした報道カメラマンの如く、凄まじい勢いでシャッターを切る沙夜がいた。

「そうそう！　うひぇえ！　さ、最高ですー‼　ぶふぉひゃあああ‼」

横から、前から、後ろから、何枚何十枚と写真を撮る。人類には早過ぎる未知の言語を喋りながら。

当の被写体はそれに応えつつ、他の女の子たちからの要求にも対応していた。

ツーショットを撮ったり、握手を交わしたり、微笑みかけたり。その一挙手一投足に周囲は歓喜し、汗ばむほどの熱気で窓ガラスが曇る。

「あー！　京介、やっと見つけた！」

女の子たちからのハートマークを一身に受けながら、その人は満面の笑みで京介を指差した。

上質な生地で仕立てられた燕尾服。白いシャツと手袋、黒いネクタイに革靴。

艶やかな髪を首の後ろで一束にして垂らし、いつもと違う爽やかな香水の匂いを振りまく。

その姿は誰が見ても執事そのものであり、身長が誰よりも高いのもあって漫画の世界から飛び出して来たようだ。

「……あ、綾乃？」

見た目のせいで一瞬わからなかったが、あの体格、何よりあの声は彼女以外あり得ない。

「よかったー！　ずっと探してたんだよ？」

凄まじく格好いい見た目から、腹を見せて甘える犬のような声が飛び出し、それが刺さったのか周囲は更に盛り上がった。

「沙夜、やっと見つけたぞ！　てか、どこからそんなカメラ持って来たんだ⁉」

「写真部の人に借りました。っていうか、邪魔ですよ琥太郎君！　今のわたしの眼球は、綾乃ちゃん専用なんですから！」

あれだけ探してようやく見つけた沙夜にフラれ、琥太郎はがっくりと肩を落とす。

その姿に苦笑していると、突然綾乃の手が顎に触れ、強制的に視線を持ち上げられた。

「今朝も何か素っ気なかったし、どこにいるか聞いても答えてくれなかったけど、もしかして怒ってる？　私、何かしちゃった？」

台詞だけ切り取れば何てことのないものだが、今の綾乃の姿はあまりにもスタイリッシュだ。

京介が小さいのも相まって、坊ちゃんに言い寄る執事というマニア受けしそうな構図となっており、ギャラリーのボルテージは更に高まる。

「はいはーい、通してー！　ごめんなさーい！」

向こう側から人ごみを掻き分け、一人の女の子が歩いてきた。

腰まで伸ばした髪は、アメリカのお菓子のようなピンク色。耳にはこれでもかとピアスが連なっており、少し動くたびに光を反射して輝く。

「綾乃ちゃん、ほんっとごめん！　廊下塞ぐなって、先生に怒られちゃってさー。客引きお願いしといて悪いんだけど、お店の方に戻ってくれない？」

「うん、わかった！　全然いいよ！」

琥太郎など足元にも及ばないほどにドギツイあの派手さは、今まで何度か目にした。同級生なのは知っているが面識はない。

ちょっと怖いな、と一歩退く京介。その瞬間、彼女の桜色の眼光が京介を捕捉する。

「もしかして藤村君⁉　うわ、すっごーい！　アタシよりも小っちゃいじゃん！　ちょー可愛い！」

電光石火で物理的に距離を詰め、両の目をキラキラとさせながら京介に抱き着こうと腕を伸ばした。その瞬間、そっと間に綾乃が割って入る。

「あ、綾乃、この人は誰なんだ？　ていうか、何なんだこの状況は？　その格好は？」

「えーっ！　綾乃ちゃん、何にも説明してないの？」

「う、うん。サプライズで、ビックリさせたくて……」

　確かにビックリはした。

　一体どこからビックリすればいいかわからないくらいに。

「アタシ、伊織桃華って言うの。服飾部の部長やってて、今回の文化祭でコスプレ喫茶やってるんだー。すっごい人手不足だから、綾乃ちゃんに協力してもらってるんだよ！」

「……えっ。い、いおり……？」

「うん。伊豆の伊に、織物の織で伊織。アタシの名前、何か変？」

「い、いや！　全然っ！」

　頭の中のモヤモヤが一気に晴れ、すぐさま猛烈な恥ずかしさがやって来た。

　イオリ。てっきり男の名前だと思っていたが、まさか苗字だったとは。

　そもそも、女性の下の名前だとしても何ら違和感はない。勝手に男だと思い込んで、無意味に落ち込んで、バカ丸出しである。

「うちのお店、よかったら藤村君たちもおいでよ！　飲み物くらいならサービスするから！」

ニーッと歯を覗かせながら笑って、ピンクの髪を桜吹雪のように乱しながら踵を返した。

綾乃の手が、ぎゅっと京介の手を握る。手袋の影響でいつもと感触は違うが、相変わらずの手汗でじんわりと湿っている。

「行こ？　いいでしょ？」

彼女からのメッセージを無視したことが今になって申し訳なくなり、「あ、あぁ」と目を逸らしながら呟いた。


「すごいお客さんですね。大盛況じゃないですか」

店員がアニメや漫画のキャラに扮して接客をする、服飾部主催のコスプレ喫茶。

教室内に並べられた客席は一つ残らず全て埋まり、外では整理券を配るほどの盛況ぶり。

飲み物を運んだり、一緒に写真を撮ったり、握手を交わしたりと精力的に働く綾乃を眺めながら、京介と桃華、沙夜と琥太郎の四人は教室の隅の席に座っていた。

「本当に大助かりだよー。綾乃ちゃんがいなかったら、ここまでお客さんは来なかったね！」

満足そうに言って、ワハハッと豪快に笑った。

これだけの客入りだ。相当な売り上げが見込めるだろう。

「どうして綾乃が働いてるんだ？　あいつ、部活には入ってなかったと思うけど……」

「うちさ、このままだと部員不足で来年には廃部になっちゃうの。だからこの文化祭で、在校生とか来年入学してくる中学生に存在感をアピールしなきゃなーって。んで、綾乃ちゃんにお手伝いを依頼したわけ！」

なるほど、と京介は頷く。

綾乃のスタイルやルックスは、高校生のレベルではない。そんな女の子が執事服を着て愛想を振りまいていれば、どうしたって客は押し寄せるだろう。

「部員不足って、こんなにいっぱいいるのにか？」

と、琥太郎は教室を見回しながら言った。

接客には綾乃を含めて四人、調理に二人、会計と整理券配りに一人の計七人で店は回っている。確かにこれだけいれば、すぐさま廃部することはない。

「それがさー、うち二年生がいないんだよね。三年生は引退してて、だからアタシが部長ってわけ。今働いてくれてる人のほとんどは三年生で、無理言って手伝ってもらってるのー」

話を聞いていた三年生の店員の一人が、にこやかに手を振った。桃華は椅子の上に立ち、「ありがとー！」と全力で両手を振り返す。

（まあ確かに、こういう人だったら協力したくもなるか……）

綾乃とは少し違う明るさ。陽キャと言うよりはギャル。

初めて接する人種に、京介は興味深そうに口を開いて見上げる。

「お茶できたぞ」

トレイにコップを四つ載せて、すらりとスタイルのいい男の店員が話し掛けてきた。

桃華はスタッと椅子に座り直し、礼を述べながらコップを受け取る。沙夜、琥太郎の前にお茶を出し、京介の番になった瞬間、

――ゴンッ‼

その男は、コップを叩き壊しかねない勢いでテーブルに置いた。

シンと教室内は静まり返り、全ての視線が京介に集まる。

数秒の静寂の後、綾乃の「いらっしゃいませー！」という元気な声によって空気は息を吹き返す。

「ちょ、ちょっと藍川君⁉」

「悪い悪い、手が滑った」

藍川と呼ばれた男は、苛立ちを隠そうともせず業務に戻る。

（な、何だ今の……？）

雑なコップの置き方もそうだが、一瞬尋常ではないほど睨(にら)まれた。

(……それにあいつ、どこかで会ったような……)

記憶の片隅で何かが光る。

しかし、どうにもそれを引っ張り出すことができない。

「何ですか、あの人。やけに感じ悪いですね」

「アタシたちと同じ一年生で、藍川君って言うの。ちょっとヤンチャな感じだけど、今のはビックリしちゃったなー。もしかして、藍川君に何かした?」

京介(きょうすけ)は話を振られ、「いや」と首を横に振った。

「たぶん、何もしてないと思うけど……」

「フジは誰かに恨みを買うようなやつじゃねぇよ」

「と、東條(とうじょう)……!」

「恨みを買うにも、コミュニケーション能力が必要なんだから」

少し見直した途端にこれだ。

当の琥太郎に悪気はないらしく、「お前は悪くねぇって!」と笑顔で京介の背中を叩く。

底抜けな無神経さに、小さく舌打ちを返す。

「あっ! えっとえっと、ずっと聞きたかったことがありまして!」

沙夜はテーブルに乗り出し、勢いよく手を挙げた。

「綾乃ちゃんの服！　あの執事服を作ったのは、どこのどなたですか⁉」

「あれ？　うちは服飾部とか言ってるけど実質コスプレ部で、実際に作ってるのはアタシしかいないいんだよねー」

「と、ということは、伊織さんが……！　本当の本当にすごいです‼　綾乃ちゃんの魅力を二兆パーセント引き出してて、見てるだけで頭おかしくなりそうなんですけど‼」

「でしょでしょー！　昔から雑誌で見てて、いつかこういう人にアタシの作った服着て欲しいなって思ってたんだー。綾乃ちゃんって抜群にスタイルいいけど、一番すごいのは姿勢の良さなんだよね。あの体格であの体幹ってマジで神がかってるし、執事みたいな背筋伸びてるのが似合う格好させたらちょーやばくね？　って思ってさ」

「そ、そう！　そうなんですよ‼　伊織さん、めちゃわかってる人じゃないですか‼」

テーブルをバンバンと殴打しながら、大興奮で話す沙夜。

当然その声は綾乃にも届いており、接客用の凛とした表情に僅かな羞恥を滲ませる。

「あっ、そうだ。沙夜ちゃん、うちのビラ配り手伝ってくれない？」

「ビラ配り、ですか？」

「さっきも言ったけど、全然人手が足りなくってさー。お願い、ちょっとだけでいいから！」

「うーん。わたし、自分のクラスのシフトもありまして——」

「もし手伝ってくれるなら、綾乃ちゃんが着てるあれ、文化祭終わったらプレゼントしちゃうんだけどなー」

「やります！　やらせてください！」

恐ろしい速度で返答し桃華からビラを受け取ると、「行きますよ！」と琥太郎の手を握って教室を出て行った。

（結構したたかな人なんだな、伊織さんって）

人手不足を補うため、沙夜を絶対に断れない餌で釣り上げるとは。

しかも彼女を使えば、琥太郎も付いてくる。一度で二度美味しい、隙のない策である。

「じゃあ、次は藤村君ね」

「え？　いや、僕はいいよ」

一見簡単そうなビラ配りだが、無視され受け取ってもらえないとかなり辛い。

それがわかっているため、京介はすぐさま断る。

「えーっ！　京介、私と一緒にお手伝いしようよ！　結構楽しいよ？」

横から綾乃が入って来て、京介は閉口した。

こうなるとまずい。彼女の頼みだと断りづらい。

「アタシさ、藤村君を一目見た瞬間、ビビッときちゃったの！　これは絶対に逸材だって！　逃す手はないぞーって！」

「い、逸材？　僕が……？」

「うんうん！　だから、ちょーっとでいいから協力して？　何だったら、バイト代としてお金払っちゃうよー！」

「バイト代……」

どうせこの文化祭で、やることもやりたいことも何もない。それならいっそ、お金稼ぎをするのはありかもしれない。

「……じゃあ、やるよ。少しだけ、なら」

「ほんとー⁉　やったー！」

力いっぱい万歳して全身で喜びを表現し、口を開けた際に覗いた舌に開いたピアスがぬらりと妖しく輝く。

「んじゃ、ちょっと一緒に来て！」

「え？　び、ビラ配りじゃ――」

「その前に、メイクと着替えしなきゃねー」

「…………は？」

桃華（ももか）に手を引かれながら、京介は思った。

絶対に関わってはいけないことに足を突っ込んでしまった、と。

第９話　ご主人様

♥

「コスプレ喫茶やってまーす！」

「や、やって、ます……」

「よろしくお願いしまーす！」

「よろしく……お、お願い、します……」

　桃華が京介を連れ出し、待つこと一時間弱。

　戻って来た彼は、すっかり別人に変身していた。

　カールのかかった長い黒髪のウィッグ。フリルが可愛らしい黒と紺のゴシックロリータ。肌は人形のようにマットな白に塗り上げられ、血のように赤いリップで妖しさを足す。おまけに継ぎ接ぎだらけのウサギのぬいぐるみを持たせられ、病み可愛い女の子の完成である。

『んじゃ、綾乃ちゃんと一緒にビラ配って来て！　廊下で止まらないでね、また怒られちゃうから－！』

桃華に背中を押され、二人は中庭にやって来た。

執事姿の綾乃とゴスロリ姿の京介。桃華の最適なメイクの甲斐あって誰も京介を男と認識しておらず、上級生たちが可愛らしい彼を囲みキャーキャーと楽し気に騒ぐ。

「このお店行ったら、あなたがお茶とか出してくれるの？」

「え、えっと……」

「どこのクラスの子？　そのメイク、自分でやったの？」

「あの、その……」

チラシ配りと質疑応答を同時にできず、あわあわと混乱する京介。

その姿はすごく可愛いのだが、何だか素直に楽しめない。彼が異性にちょっかいをかけられていることが、仕方のないことだと理解しながらも納得がいかない。

「あの、ごめんなさい。この子が怖がっているので」

思わず、京介の前に立ってしまった。

楽しんでいたのに申し訳ないことをしてしまったな、と思った。しかし、こればかりはどうしようもない。身体が勝手に動いたのだから。

「……ありがとう、綾乃」

小さく言いながら、綾乃の服の裾をきゅっと掴む。

堪らないほどに可愛い。服装に合うよう凛とした表情を意識しているのに、どうしたって唇が緩んでしまう。

「ご、ごめんなさい！　……あのー、失礼ですけど、女性ですよね？」

上級生の一人がぺこりと頭を下げ、次いで眉をひそめながら言った。

綾乃が「はい」と頷くと、上級生たちは黄色い声をあげながらどよめく。こういう反応は慣れているが、何度されても素直に気分がいい。

「この後、絶対にお店行くので、写真撮ってもいいですか！」

「いいですよ」

「じゃあ、そっちの子を抱き寄せる感じでお願いします！」

「「え？」」

京介と声が被り、同時に顔を見合わせた。

早速スマホを出し、目を輝かせながらシャッターチャンスを待つ上級生たち。

綾乃としては別に構わないが、彼はどう思うのだろうか。

よくわからないまま京子ちゃん化させられ、公衆の前に放り出され、抱き合った状態で写真を撮られる。……京介にとって何一つ得がないことは、二秒も考えればすぐにわかる。

「……あ、綾乃、ほら」

消え入りそうな声で呟（つぶや）いて、おずおずと両手を伸ばした。

「えっ。い、いいの？　大丈夫？」

「いいよ。伊織（いおり）さんにやるって言ったの、僕だし」

「じゃあ……ほ、本当にやるからね？」

腕を掴み引き寄せると、彼は小さく悲鳴をあげた。構わず腰に腕を回すと、ポーズを指定した上級生は「それですー！」と満足そうに写真を撮る。

（か、顔、近過ぎ……っ）

ぱちりと、京介（きょうすけ）の黒い瞳が瞬（まばた）いた。

双眸（そうぼう）に映る光景に、かつての記憶がフラッシュバックする。車内での出来事、あの熱が唇に蘇（よみがえ）る。

「ありがとうございました！　じゃあ、お店行ってきますね！」

どうにか密着状態から解放され、上級生たちはぞろぞろと校舎に戻っていった。

小さく息を漏らす。自分一人ならば何のことはないが、京介が絡（から）むとキャラが保てない。

「あの！」

後ろから声をかけられ振り返ると、中学生と思しき女の子の集団がキラキラとした眼差しをこちらに向けていた。

「次、壁ドンとかできますか⁉　わたしたちも、絶対お店行くので！」

「えっ。あ、えーっと……」

京介に視線を流すと、彼は戸惑いながらも首を縦に振った。

何でここまでやる気満々なのか、まったくわからない。もしや、女装の楽しさに目覚めてしまったのだろうか。

「じゃあ、ちょっとだけね？」

「ありがとうございます！」

結局その後、何十という人が押し寄せ、店に行くことを条件に沢山のフラッシュを浴びた。

♠

「こんなに貰っていいのか……」

桃華にバイト代として渡された一万円を見つめ、京介はボソッと零した。

ビラ配り……というか、途中から撮影会になってしまったが、四時間ほどしか働いていない。明らかに貰い過ぎな気はするが、その分だけ儲かったということだろう。

（……何か、悪くはなかったな）

誰もいない中庭のベンチに腰掛けて、黄昏色の空を仰ぐ。

女装に抵抗はあった。その姿でビラ配りなどもってのほかだ。

しかし実際に廊下を歩いてみると、妙な格好をした生徒は他にも沢山いて異物感はないし、桃華のメイクと服のおかげで誰一人男性だと気づいていない。既に一度、綾乃と一緒に街を歩いた経験もあってか、想像よりずっと恥ずかしくはなかった。

（文化祭って、こんな感じだったのか）

昔から学校行事というものに対し、あまり積極的になれなかった。

皆が盛り上がっていても、そこにどう入ればいいのかわからない。

かといって入りたそうな顔をするのはダサいため、つまらなそうな空気を出して傍観者を気取る。

もちろん文化祭も子供騙しだと思っていたし、高校に入ったからといってその立ち位置は変わらないと思っていた。

『えーっ！　京介、私と一緒にお手伝いしようよ！　結構楽しいよ？』

綾乃があぁ言ってくれなければ、自分の席を用意してくれなければ、きっと今までと同じことをしていただろう。

確かに女装は恥ずかしかった。

あそこまで何十枚も何百枚も写真を撮られるのは、もう二度と経験したくない。

それでも、この楽しかったという感情は無視できない。

沢山の人に声をかけられて、ビラを受け取ってもらって、綾乃と一緒に写真を撮られて。

あの時間が百パーセント苦痛だけで構成されていたなど、口が裂けても言えない。

「……綾乃、遅いな」

時刻は午後七時。

着替えや片付けがあるから待っていて欲しいと言われて、既にかなり時間が経った。

最終日である明日に備え、今日も学校に泊まる生徒が大勢いるため、まだ校舎は随分と騒がしい。綾乃も忙しくしているのだろう。

【あやの：遅くなっちゃってごめん！　コスプレ喫茶やってた教室に来て！】

スマホにメッセージが入り、ポンといつもの犬のスタンプが押された。「急いで！」と言うそれを見て、京介はすぐさま腰を上げる。

一緒に帰るだけなのに、どうしてわざわざ校舎に戻らなければならないのだろうか。

疑問はあったが、急ぐよう言われている。理由は会った時に聞けばいい。

「今日中庭に、めちゃくちゃ可愛い子がいたらしいぜ」

「モデルやってるやつだろ？　近くで見たことあるけど、ありゃ大人び過ぎてて俺たち高校生なんか相手にしねーよ」

「小さくて、ゴスロリ着てる子がいたんだって！　写真で見たけど、ありゃ相当だぞ！」

「へぇー。ちょっとどこのクラスのやつか調べてみるか」

前から来た男子二人組が、楽しそうに会話しながら京介の横を通り抜け、玄関の方へ歩いて行った。その背中を見送り、京介は目を見張る。

（何でもう写真が出回ってるんだよ……⁉）

第三者に譲渡してはいけないと言っていないため、遅かれ早かれ校内に広まることは覚悟していた。

それにしたって早い。あまりにも早過ぎて、恐怖よりも驚きが勝る。

（やばい……ちょっと後悔してきたぞ……）

数分前まで、せっかく楽しい気分だったのに。

女装がバレた時のことを想像すると、流石(さすが)に頭が痛い。

「……まあ、今はいいか」

出回った写真は回収のしようがないし、もし騒げば自分から正体を明かすことになってしまう。

この件についてはできるだけ他人面をしようと決めて、綾乃が待つ教室へ急いだ。

あれだけ騒がしかった教室からは誰の声もしない。それでも明かりだけは灯っており、彼女がいることを証明する。

「急いでって、僕に何の用──」

言いながら扉を開いて、固まった。

頭の横で二つ括りにされた黒い髪。白いカチューシャに白いエプロン。胸元は開き年齢不相応な肉付きを強調しており、ミニスカートから伸びる健康的な肌の色に目を奪われる。

「え、えへへ。お帰りなさいませ、ご主人様……な、なんちゃって」

凛としたイケメン執事が一変。

綾乃は頬を真っ赤に焼きながらスカートの裾を摘まみ、愛らしさいっぱいのメイド服を見せつけた。

「……え？」

目の前の光景に、京介は目を見開いたまま固まった。

綾乃がスカートを穿くのは制服の時だけ。今まで幾度となく私服姿を見たが、そのどれもがパンツスタイル。足の長さ、細さを強調するものが多く、いつ見てもどこから見ても格好いい。

別に可愛いと思わないわけではない。だがそれは、服装の感想というより、彼女自身に対する賛辞だ。

今この時ほど、

「じ、実はね、桃華ちゃんに作ってもらってて」

彼女が身に纏うものに対し、

「でも、お客さんの前で着るのはちょっと恥ずかしいなって思ってさ……」

それを自慢気に見せる彼女に対し、

「どう？　に、似合ってる？」

可愛いと思ったことはない。

「……京介？　ねえ、な、何か言ってよ……！」

いつの間にか目の前にまで迫って来ていた綾乃。

完全に意識がどこかへ行っていた京介は、その声に呼吸の仕方を思い出し大きく酸素を取り込む。

「似合ってる？　か、可愛い？」

右手首を取られ、壁に押し付けられた。

身動きができない状態で、鼻先が触れ合うほど顔が迫る。

息遣いが、唇の動きが、瞳の僅かな振動が。彼女の顔を構成するあらゆる情報が、京介の脳を激しく殴打する。

「ツインテールとか……は、初めてだし、自信、ないんだけど……」

藍色の双眸に涙の薄い膜が張り、危うそうに視線を揺らした。

いつもの勝ち誇った表情はなく、初めての手料理を親に振る舞う子供のような、期待と不安をごちゃ混ぜにした吐息を漏らす。

「……ごめん。何か、一人ではしゃいじゃった……かも……」

恥ずかしさが一周回り、その顔に後悔の色が滲んだ。

しゅるりと京介の手首から彼女の指が解け、重力に任せて落ちてゆく。

「か、可愛い‼」

咄嗟にそれを拾い上げて、喉の奥で溜まっていた声を吐き出した。

想定よりもずっと大きな声が出てしまい、教室全体に響き渡る。

一瞬羞恥に襲われたが、綾乃の顔に血が通ったのを見て胸を撫で下ろす。

「こういうのって、沙夜ちゃんみたいに華奢な子の方が似合うような気がするけど……本当の本当に、可愛い？」

「……皆がどう思うかは知らないけど、僕は可愛いと思うよ」

「どれくらい？」

「どれくらいって……す、すごく、とか？」

「とかって何」

「め、目が離せない、っていうか」

「うん」

「……ずっと見ていたいくらい、か、可愛い……っ」

今の精一杯を絞り出し、大きく深呼吸した。

歯の浮くような自分の台詞に、腰のあたりがぞわぞわと痒くなる。

救いなのは、綾乃がニヤニヤと口元を緩めてくれたことだ。「そ、そっか」と熱っぽい声を漏らして、落ち着かなそうに身動ぎする。

「これ見せたくて、僕を呼び出したのか？」

「うん。せっかく作ってもらったから。……京介に可愛いって、言って欲しくて」

気恥ずかしそうに唇をもにょもにょと動かす様は、普段とは真反対の属性の姿も相まっ

て尋常ではない破壊力だった。

（やばい、変な顔になりそう……）

可愛い。あまりにも可愛くて、口元を隠し顔を逸らす。

今の気持ち悪い表情を見られたら、きっと幻滅されてしまう。

「……ん？」

廊下の方から足音を感じ取り、京介はフッと冷静さを取り戻した。

誰かが来る。

ただ単に教室の前を通り過ぎて行くだけかもしれない。しかし、もしもそうじゃなかったら。この教室に入って来たら、今の綾乃を見られてしまう。

『でも、お客さんの前で着るのはちょっと恥ずかしいなって思ってさ……』

恥ずかしさを押し殺してわざわざ見せてくれた、メイド服姿を。

自分以外の誰かに、見られてしまう。

それはすごく、ものすごく、嫌だなと思った。

「綾乃、ちょっと来て」

「え？　あ、ひゃっ」

強引に彼女を引っ張り、黒板前に設置された長机の下に身を隠した。

その瞬間、ガラガラと音を立てて扉が開く。

二人分の足音が、床を揺らして京介の手のひらに伝わる。

「ね、ねぇ、いきなり何を——」

片手で彼女が動かないよう肩を摑み、もう片方の手で口を覆う。

「静かに」

声を潜めて言うと、綾乃はしばらくこちらを見つめて、ふっと視線を逸らし小さく頷いた。

第10話　ふたりっきり

♥

「綾乃、ちょっと来て」

「え？　あ、ひゃっ」

京介に手を引かれ、会計に使っていた黒板前の長机の下に押し込められた。

いきなりのことに体勢を崩し尻餅をつくと、彼が覆いかぶさってくる。

「ね、ねぇ、いきなり何を――」

わけを聞こうと口を開くと、すぐさま彼の手のひらが襲って来た。更に肩を掴まれ、身動きが取れない。

熱く焼けた体温を唇に感じながら、彼の目を見つめた。

必死な形相で「静かに」と囁いて、今しがた教室に入って来た生徒を警戒する。

「いやぁ、大変だったな」

「ほんと忙し過ぎだろ。安請け合いするんじゃなかった」

覚えのある男の声。服飾部の三年生だ。

もう全員帰ったとばかり思っていたが、忘れ物でもしたのだろうか。

「でも伊織さん、頑張っててすごいよ。まさか客寄せのために、佐々川さん連れて来るなんて思わなかったし」

「あー、あの子ね。やっぱり本物のモデルってやべえよ。服着て立ってるだけでオーラが違う」

「ただあれだけ身長あると、並んだ時に自信なくすよな。見上げてると首痛くなるし。彼氏とか、もっとタッパあるのかな」

「いや、それがそうでもないらしいぞ。今日伊織さんが連れて来た一年の男子いただろ。あいつと付き合ってるらしい」

「金髪の？　へぇー、お似合いっちゃお似合いな感じするけど」

「違うって、あの小さい方！」

ピクッと、京介の身体が震えた。

肩を掴む手に一層力が入り、薄闇の中で頬に温もりが灯る。こちらの目を見つめていられなくなり、群れからはぐれた小魚のように右往左往する。

「はぁ!?　えっ、あ、あいつ？　あの地味な感じの？」

「そうそう。夏休みにゲーセンで遊んでるとこ見たやつがいるらしい」

「……それ他にも何人かいて、たまたま二人っきりのとこ見ただけじゃないのか？　言っちゃ悪いけど、釣り合わないだろ」

京介の瞳から、みるみる力が抜けていくのが見て取れた。

大丈夫だよと言うように、彼の頭を撫でた。後頭部の髪をくしゃっと摑み、ゆっくりと抱き寄せる。口を覆っていた手はどこかへ行き、代わりに彼の額が唇に封をする。

（……京介の匂いだ）

シャンプーに混じって、額の皮脂が鼻腔(びこう)をくすぐった。

爽やかで、少しだけワイルドで、心をやわらかく包む香気。

浅く呼吸して、もう一度頭を撫でた。彼の乱れた呼吸が首筋に当たりくすぐったい。心拍が加速し、実はそこまで余裕がないことが伝わらないか不安になる。

「彼氏が誰かはどうでもいいけど、もしいるんだったら藍川(あいかわ)には飯でも奢(おご)ってやるか」

「そうだな。だってあいつ――」

ピシャリと扉が閉じ、教室から音が失(う)せた。

床を通して伝わる、遠ざかってゆく歩み。

数十秒、数分と沈黙が流れる。

重ね合った肌と肌の間に熱が溜まった。彼の額に滲んだ一滴の汗が、唇の隙間から口内へ侵入する。

しょっぱい。

ただの塩味に、心臓は痛いほどに高鳴る。

「……そろそろいいか」

そう言って、京介は身体を起こした。

「ごめん、いきなりこんなことして。服、汚れてないか？」

「それは別に平気だけど……ねえ、何で隠れたの？」

ずっと疑問だったことを尋ねると、京介は言いにくそうに口をもごもごとさせた。「だって」と小さく零して、照れ臭そうに後頭部を掻く。

「い、今の綾乃を……見せたく、なくて……」

「えっ。どうして？　私、もしかして変？」

「違うっ！　そ、その逆で……えっと、何て言うか、僕にだけ見せてくれたわけだし」

頬から耳へと火が燃え移り、その顔はみるみる赤くなってゆく。

唇で何かを言いかけては躊躇い、言いかけては噛み殺し。

十秒余りのもどかしい時間を経て、京介は大きく息を呑み込みそれを吐き出す。

「……他の誰かに分けるのが、すごく嫌だった。か、可愛いから……」

バチッと、頭の中で何かが爆ぜた。

それは、嬉しさを限界まで煮詰め凝縮したもの。

稲妻のように黄色く激しい感情が、頭頂部からつま先まで駆け抜ける。

「ど、どうしたんだ……？」

何でもない問いかけでさえ、今は大きな衝撃となって綾乃の内側を揺さぶった。

「京介は……」

今にも職務を放棄しそうな表情筋に鞭を打つ。

「私のこと、ひとり占めしたかったんだね」

綾乃は声を絞り出す。溶けそうな声音を、どうにか律しながら。

果てしない思慮の末に、京介はコクリと頷いた。

それが嬉しくて、嬉しくて、嬉しくて。彼が見せた独占欲に首を絞められ、呼吸が上手くできない。

「……実はね、この格好、服飾部の皆は見てるんだよ」

「えっ」

「お客さんの前に出る前に、試着はしてたから」

「あ、あぁ。そりゃそうか。……ごめん、変な勘違いしちゃって」

苦し紛れの笑みの中には、明らかな落胆が含まれていた。

それが愛おしくて堪らない。彼の青く冷えた想いが、綾乃の中の炎を一層強くする。

「じ、実は――」

息の乱れを悟られないよう、ゆっくりと声を紡ぐ。

「まだ試着もしてない……誰にも見せてない服があるんだよね。桃華ちゃんが悪ふざけで作ったやつで、流石に着るのが恥ずかしくて、お蔵入りにしちゃったんだ」

パチリと、京介の瞳が瞬いた。

真っ黒な双眸の奥で、一度は鎮火した熱が息を吹き返す。

「……み、見たい？」

問いかけると、京介は薄く口を開いたまま硬直した。

ぱくぱくと唇は空気を食み、一度固く閉ざしてゴクリと喉を鳴らす。その音に、綾乃は熱く湿った多幸感を覚える。

「……うん」

と言って、頷く京介。

綾乃は何でもないふりをして、「じゃあ、また誰か来たら困るからさ」と笑みを作った。

「ふたりっきりになれるとこ、行こ……？」

そっと、京介の手を取る。

彼は一拍置いて、小さく首を縦に振った。

♠

服飾部の部室から服を拝借し、ひと気のないところを探して校内を彷徨った。

文化祭の高揚感が漂う夜の学校。薄らと汗をかきながら、お互い無言で足を動かす。イケナイことをしているような、罪悪感に似たものを抱えながら。

そして見つけたのは、視聴覚室。

誰が使ったのかはわからないが、扉は開けっ放し、鍵は鍵穴に刺さりっぱなしと、酷い有様で放置されていた。念のため中に入ってしばらく待機するが、一向に誰もやって来ない。

「じゃあ、ちょっと待っててね」

綾乃に言われて、京介は一度部屋を出た。

内側からガチャンと施錠し、彼女は衣装に着替え始める。

（……何か変だぞ、今日の僕）

扉を背に座り込み、大きくため息をついた。

イオリの正体が女性だったことに安心して、綾乃のメイド服姿を誰にも見せたくないと隠れて、今度は彼女が恥ずかしがって着れなかったものを見たいと要求している。

今までの自分の性格を考えれば、絶対にこんなことはあり得なかった。

誰と誰が仲良くなろうとその人の勝手。ひとの気持ちを考慮せずに無理やり机の下に押し込めたりしないし、相手が恥ずかしいと言うなら見たいなどと口にするはずがない。

それなのに、今日は違う。

彼女が言うように、ひとり占めしたいと思っている。

（ちょっと頭冷やさなきゃな……）

鞄からペットボトルのお茶を取り出して、一気に半分ほど胃へ流し込んだ。

腹の中でグラグラと沸騰していたものが、ようやく常温に戻る。

「入っていいよー」

扉越しに聞こえてきたくぐもった声。

京介はゆっくりと立ち上がり、部屋に身体を滑り込ませすぐさま施錠した。

視聴覚室の中は明かりがついておらず、窓から差し込む月の光だけが頼りだ。薄闇の中、必死に目を凝らすが彼女は見当たらず、「綾乃？」と名前を呼ぶ。

もぞもぞ。

呼びかけに応えるように、カーテンの中で何かが動いた。どうやら包まって隠れていたらしい。恐る恐る近付いて勢いよく捲ると、

「じゃ、じゃーん！」

月明かりに照らされた綾乃は、頰に羞恥の色を滲ませながらも爛漫な笑みを浮かべた。

「……どう、かな？　えへへっ」

その姿を見て、途端に膝から力が抜け尻餅をつく。突然のことに綾乃は目を見開き、

「大丈夫!?」と手を差し伸べる。

「ん？　あ、あぁ……うん、ダイジョブ、ダイジョブ……」

平静を装いながら立ち上がり、再び彼女へ目をやった。登場早々にある意味出鼻を挫かれたせいか、居心地の悪そうな顔をしている。

「……それ、本当に伊織さんが作ったのか？」

「うん。コスプレ喫茶で着せようと思ってたんだって。……これは流石にやばいよね」

悪戯っぽい笑みを浮かべ、挑発するように開いた胸元に指を引っかけ、パタパタと内側

へ空気を送り込む。

それは情欲のように赤い布に暴力的な金色の糸で刺繍が施された、いわゆるチャイナ服。

スカートは長いが限界を大きく逸脱してスリットが入っており、右の足首から健康的な太ももを通り、腰骨まで惜しげもなく晒されている。ピッチリと肌に張り付くが故に身体のラインをこれでもかと強調しており、彼女のスタイルがいかにいいか否が応にも理解する。

「試着すらしてなかったから、ちゃんと着れるかどうか不安だったけど、桃華ちゃんはすごいね。ピッタリだよ」

「あぁ」

「どう？　本当の本当に、誰にも見せてないんだよ。……京介だけに、と、特別だよ？」

「う、うん」

「……嬉しくないの？」

「嬉しくないわけじゃない、けど……何ていうか、その……」

不安そうに眉間にシワを作る綾乃。

京介は今一度彼女の姿を上から下まで確認し、ほっと安堵する。

「僕以外に誰も見てなくて……よかったなって、思って」

そう口にして、猛烈な恥ずかしさが込み上げてきた。

落ち着きを取り戻した自分はどこへやら。すぐさま胸の内側が再沸騰し一気に熱が回る。

「それって、いい意味で?」

「……あ、あぁ」

「そんなに可愛いってこと?」

「可愛いっていうか……まあ可愛いんだけど、それより……」

「それより?」

「……め、目のやり場に困る」

腰骨を覆う滑らかな皮膚の光沢に目を奪われ、一瞬だが自分でもわかるほどにだらしない顔になった。

すぐさま視線を引き剝がして咳払い(せきばらい)をするが、綾乃が気づかないわけもなく、ははーんとあくどい顔をして露出した太ももに中指を這わせる。

「つまり京介は……わ、私を見て、変な気分になっちゃったんだね」

「……」

「だから、他の人に見られてないってことに安心したわけだ」

ふふーんと得意気に唇を緩める綾乃。

まったく否定できず、返す言葉がない。力なくテーブルに体重を預けて頭を掻く。

「……何かごめん。調子に乗ったことばっかり言って」

「そんなことないよ。私、嬉しいし」

「いやでも、気持ち悪いだろ。僕なんかが、独占欲……みたいなの出して。ただの友達なのに」

頭の中で、学校で聞いた会話が蘇る。

服飾部の三年生が言っていた、釣り合っていないという言葉。以前彼女に怒られてから無視していたが、今一度自分を振り返ると確かに釣り合ってはいない。

「あーっ、またそれ言った！　ダメって言ったじゃん！」

怒気を孕んだ鋭い声に、ピンと背筋が伸びた。

「私の友達の悪口言ったら、怒るって言ったよね」

つかつかと綾乃は距離を詰めて、ふんすと鼻息を荒げる。

「私が手繋いで歩くの、京介だけだよ」

「……」

「私が手料理ご馳走するのも、京介だけ」

「……あぁ」

「この服だって、京介だから見せたいなって思ったんだからね。私の特別な人に、なんか、とか言われたらムカつくんだけど」

「ご、ごめん」

「それに、独占欲だったら私も全然負けてないし。桃華ちゃんが京介のこと触ろうとして、嫌！　ってなったし！　女装してて女の先輩に囲まれてた時、何かすごく嫌だったし！」

思い返すと、確かに桃華が迫って来た時、不自然に綾乃が間に割って立った。ビラ配りをしていた時だって、京介を隠すように割り込んできた。

不自然だと思っていた言動にそのような意味があったとは知らず、「そ、そんなこと考えてたのか？」と上擦った声を漏らす。

「そうだよ！　悪い⁉」

「悪くは……な、ないです」

「だったら、京介も悪くない！　私が悪くないなら、京介だって悪くないの！」

「そう、なのか……？」

よくわからない理屈を前に、眉をひそめた京介。

綾乃は小さく舌打ちして、暗殺拳の達人の如き形相で京介を見下ろす。

「……私に口答えする気？」

「い、いえ、しませんっ」

「京介は悪くない！　ほら、返事して！」

「はい」

「声が小さい！」

「はいッ！」

　運動部並みの声で返事をすると、綾乃は腕を組み満足そうに頷く。

　無理やり丸め込まれてしまったわけだが、奇妙なことに今そこにあったはずのモヤモヤはもうない。彼女がどこかへ押し流してしまった。

「じゃあこの話はおしまい！　せっかく勇気出して着たんだから、もっとちゃんと見てよ！」

　自信満々な表情で腰に手を当て、豊満な胸を前に突き出した。

（見ろって言われても……）

　綾乃は見られ慣れているかもしれないが、京介は生の肉体に耐性がない。

　特に今のような際どい服装は、ある意味目に毒だ。用法用量が守られていないため、薬として機能していない。

「今だったら、ポーズとかもとっちゃうよ?」

上機嫌に言って、しなやかな身体を駆使しバレリーナのようにゆっくりと回転した。その際、スリットが捲れ見えてはいけないものが見えかけ、咄嗟に目を逸らし激しくむせる。

「お、お前なぁ! 自分の格好考えろよ! やっていいことと悪いことがあるだろ!?」

「え? 何が?」

「何がって……だってそれ、どう見ても下着穿いてないし!」

「穿いてるよ」

「えっ? いや、でも——」

「あれ、穿いてないんだったたっけ?」

「はぁ!?」

「どっちだったかなー」

ニヨニヨと小悪魔じみた笑みを浮かべ、京介の肩に手を置いた。指の腹を使って優しく摩りながら、上半身を屈めて耳元に唇を寄せる。

「確かめてみる……?」

第11話　捲るしかないよね

♠

（どうしてこうなった……）

部屋の隅まで追い詰められ、京介は内心頭を抱えた。

月の光を浴びて、スリットから覗（のぞ）く綾乃の肌が妖しく輝く。紅色の熱気を纏（まと）いながら、ニンマリと口角を上げ乾いた唇を舌先で舐（ねぶ）る。

「どうしたの？　何で逃げるの？」

「あ、当たり前だろ！　お前、自分が何言ってるかわかってるのか⁉」

「京介が穿いてるかどうか気になるって言うから、仕方なく確かめさせてあげようって、私なりの気遣いじゃん。そんな風に言われたら、へこんじゃうなー」

あからさまな嘘（うそ）だとわかりながらも、京介のある意味単純明快な頭脳は申し訳なく思ってしまう。へこまれるのは嫌だな、と考えてしまう。

「……確かめるって、ど、どうやって？」

「そりゃ捲るしかないよね」

「できるかそんなこと‼」

「冗談だって。流石にそれは、私も恥ずかしいし」

ウシシと白い歯を見せて、不意打ち気味に京介の手を取った。

反応する間もなく連れ去られた手は、ぴとっと綾乃の太ももに降り立つ。

早朝の窓ガラスのような、優しい冷たさ。しっとりとやわらかく、少し押せば同じ力で押し返してくる。

「……どう？」

「どうって、ななっ、なに、何が……？」

「感想」

「……ひんやりしてて」

「うん」

「き、気持ちいい、です」

何を言わせられているのだろう、と心の中で冷静な突っ込みを入れるが、絶えず押し寄せる彼女の体温が頭の中を搔き乱す。

「そのまま……そう、うん、上ね」

手の操作を彼女に委ねた状態で、指先がつーっと腰の方へ滑ってゆく。

ふと、妙な感触に眉をひそめた。皮膚でも骨でも筋肉でもない。ニキビの類とも違う。

「な、何だこれ？」

カリカリと爪で引っ掻き、指の先に引っ掛けた。

すると綾乃は、「んっ」と喉の奥から艶っぽい声を漏らして、余裕たっぷりな表情に羞恥を一滴落とす。

「ショーツの紐。シリコン製だから、透明なんだよ。すごいでしょ、穿いてないみたいに見えて」

「……え？」

理解するまでに数秒の時間を要した。

ようやく脳を通過した情報に、ぶわっと汗が噴き出る。

(じゃあ、これって……!?)

急いで手を振り解こうとしたが、綾乃にその気はないらしい。

頬を染めながらも余裕の表情を作り、藍色の瞳に熱を滾らせる。

「……このまま引っ張ったら、大変なことになっちゃうね」

「わ、わかってるなら早く離せ！」

「これで理解できたでしょ？　京介は私の特別なんだよ。こんなこと、誰にでも許すほど安い女じゃないから」

「まだその話してるのか⁉　それはもうわかったって‼　僕が全面的に悪かった‼」

「本当にわかってるのかなぁ？」

「そんなの証明しようがないだろ‼」

唾を飛ばすこともいとわずに絶叫するが、綾乃の顔色は変わらない。

京介の肉体は、色々な意味で限界が来ていた。頭の中で必死に母親の顔を回して抵抗するが、チャイナ服という通常ならあり得ない服装と、女性用ショーツの紐という初めての感触に、ドロドロとした熱いものが身体(からだ)中を巡る。

ブーッ、ブーッ、ブーッ。

ポケットの中のスマホが振動した。その音に、流石の綾乃もパッと手を解放する。

急いで取り出すと、飛鳥(あすか)からの電話だった。普段なら鬱陶しいだけの妹だが、今この時は救いの女神だ。

「も、もしもし⁉」

『あっ、京にぃ？　へっへっへー。悪いんだけどさ、帰りにA3サイズの額縁買って来てくれない？』

「額縁？　お、おう！　いいぞ！」

『……えっ。な、何で快諾しちゃうわけ？　京にぃ、そんな感じじゃないでしょ？』

「何言ってるんだよ！　僕がお前の頼みを断ったことがあるか？」

『いっぱいあるよ！　九割断られるよ⁉』

スマホから声が丸聞こえなせいだろう。

何の話だ、と綾乃は首を傾げる。

『……ま、まあいいよ。その額縁に何を入れるかというと、女装した京にぃの写真でーす！　いやぁ、手に入れちゃいました、特大のスクープ！　リビングに飾っちゃうからね！』

「わかった、すぐ買って帰る‼」

『へ⁉　ほ、本当に京にぃ⁉　本物の京にぃだったら、やめてくれって騒ぐのに！　やめる交換条件として、何か買わせる計画だったのに……‼』

「色はこっちで勝手に決めとくから！　じゃあな！」

『う、うわーん！　お母さん、京にぃが偽物になったー！』

ピッと通話を切って一息つく。

とんでもないことを言われたような気はしたが、今は何でもいい。この場は自分にとって毒でしかない。自分を制御できるうちに、綾乃から距離をとらなければ。

「そういうことだから、僕、今日はもう帰るよ！　チャイナ服、すごく可愛かった！　じゃ！」

「えっ。……あ、ちょ、ちょっと待ってよ！　京介‼」

彼女の制止を振り切って、全速力で視聴覚室を飛び出す。

暴走寸前の劣情を、置き去りにするように。

♥

「帰っちゃった……」

廊下を駆けてゆく足音を聞きながら、大きくため息を漏らした。

本当はこのまま一緒に帰って、家に招いて、久々に夕食を振る舞おうと思っていたのに。

ちょうど中華料理の材料が冷蔵庫に入っていたのに。

「……まあでも、これでよかったのかな」

そう独り言ちて、その場にへたり込んだ。

押し殺していた恥ずかしさが、業火の如く全身を焼く。肩を抱いて、ビクビクと身体を震わせる。

『いやでも、気持ち悪いだろ。僕なんかが、独占欲……みたいなの出して。ただの友達なのに』

京介が悪い。彼があんなことを言わなければ、ここまですることはなかった。

なんか。

あの言葉が、異常に癪に障る。以前よりもずっと腹が立つ。

自分にとって京介は特別だ。何よりも大切で、誰よりも大好きだ。

だから、なんか、などと言わないで欲しい。

友達として真摯に付き合ってくれて、自暴自棄になった自分の手を無理やり引っ張ってくれて、仕事のことも家庭のことも受け入れてくれた人をバカにしないで欲しい。

「でも、やり過ぎだったかなぁー‼　痴女みたいに思われてたらどうしよう⁉」

コスプレのため綺麗に整えた髪型が崩れることもいとわず、わしゃわしゃと頭を掻いた。

自分にとって京介が特別であることを説明するには、度を越してアピールする必要があると思った。流石にあれだけやれば、彼も理解してくれただろう。

というか、してもらえないと困る。

ここまで恥ずかしい思いをしたのだから。

（あのまま京介がその気になっちゃってたら、私、どうなってたんだろ……）

怒りと勢いに任せて、とんでもないことをやってしまった。

いくら気弱な京介でも、その気になっていたかもしれない。

（……ま、まあ、それならそうで、べ、別にいいけど……）

綾乃自身、そういう欲がないわけではない。

彼と手を繋げば、綺麗な指だなと思うし、実は少しだけ血管が浮き出ていることに興奮する。ふとした発言に、キュンとすることだってある。教室で押し倒された時は、正直いくところまでいってもいいとすら思った。

自分にとって彼は、そういう対象だ。

ただのクラスメート、ただの友達としては見られない。

「……ていうか京介、大丈夫なのかな」

飛鳥との電話の内容を思い返す。

当の本人は必死過ぎて話が上手く耳に入っていなかったようだが、かなりまずいことを言われていた。

ゴスロリ京介の写真、しかもA３サイズ。それがリビングに飾られている様は、想像するだけでシュールだ。

（とりあえず、飛鳥ちゃんに一言いっとこ……）

身体を起こして、鞄(かばん)からスマホを取り出した。

飛鳥に対し、メッセージを一つ送る。

【あやの：京介の女装してる写真、私にもちょうだい！】

これでよし。

第12話　胸を張ってください

♥

翌日。チャイナ服を返却するため、綾乃は朝早くから部室に来ていた。

本当は昨日のうちに返しておきたかったのだが、制服に着替えて部室に行くと桃華が一人で作業をしていた。勝手に借りて着ていたことがバレるのは恥ずかしいため、一度家に持ち帰り今に至る。

チャイナ服を手早く紙袋から出して元の場所に戻した。

やれやれ、と額の汗を手の甲で拭う。これで問題はない。

「あっ」

ガチャリと扉が開き、暗めの茶髪の男子が入って来た。

彼はこちらを見るなり、やや上擦った声を漏らす。

すらりとスタイルがよく、顔もいい方。声も爽やかで、いつ見てもモテそうだなと思う。

「おはよう、藍川」

藍川。服飾部の一年生だ。

怪しいことはしていない、というように、綾乃は何でもない顔で挨拶をした。彼は一拍置いて、「あ、あぁ」と眠そうな表情から笑みを滲ませる。

「やけに早いけど、何してたんだ？　桃華から手伝いを頼まれたのは、昨日だけだろ？」

桃華から頼られた時は素直に嬉しかったが、服飾部の手伝いに従事していては文化祭を完全には楽しめない。

そのため、店員として働くのは初日だけという約束だった。

今日はもう、服飾部に用はない。

痛いところを突かれた綾乃は、それでも平静を保ちながら周囲を見回す。

「え、えーっと……忘れ物しちゃってさ！　大事なものだから、ここにあってよかったよ！」

ちょうど紙袋を持っていたため、パンパンと叩いてアピールした。

藍川も中身を聞くような野暮なことはせず、「ふーん」と興味なさげに呟く。

「そういえばさ、藍川って京介の知り合いなの？」

「え？」

「いや、だって昨日、ほらっ」

不意に、京介に対しやけに態度が悪かったことを思い出した。

それとなく尋ねると、藍川は難しそうに眉を寄せて、ボリボリと後頭部を掻く。

「別に知り合いとかじゃないよ。話したこともないし」

「へ、へぇ、そうなんだー」

だったらなぜ、と追及したいところだが、掘り下げて空気を悪くしても仕方がない。

適当に笑って誤魔化して、「じゃあまたね」と藍川の隣を通り過ぎる。

「ちょっと待って」

廊下に出かけたところで呼び止められ、ふっと顔を後ろへ向けた。

藍川は気まずそうに唇を噛み締めて、何か訴えかけるような瞳でこちらを見る。

「文化祭、お、終わったら、ちょっと話があるんだけど……！」

その目、その声、その表情には見覚えがあった。

だからこそ、こちらも追及しない。「わかった」と笑顔を返して、素早く部室を出る。

（あぁ、そっか。なるほどね）

点と点が繋がり、スッキリとした気分だ。

藍川の様子を見るに、おそらくこちらに好意を抱いている。

だというのに、昨日三年生たちが言っていたが、自分の恋人が京介だという噂が出回っているらしい。恋敵に対して悪態をつくのは、褒められはしないが理解はできる。

(でも、本当に告白だったら困るなぁ……)

男女問わず、何十回と告白を受けた。

好きだと言われるたび、ごめんなさいと頭を下げた。

ワンチャン狙いの不純な告白ならいいのだが、本気度が高ければ高いほど拒否するカロリーも高い。粘られると体力を使うし、泣かれると気が重くなるし、怒られると具合が悪くなる。報復のつもりなのか、言われもない悪評を流されたこともある。

藍川の様子を見る限り、あれはおそらく真面目側だ。

断った時、素直に引き下がってくれるだろうか。

頭の中でまだ見ぬ未来への不安をぐるぐると回しながら、綾乃(あやの)は自分の教室へ向かった。

♠

「ねえ、どこから回ろっか」

「……うん」

「私、自主製作映画観(み)てみたいなー」

「……あぁ」

文化祭二日目が始まった。

賑やかな校内を歩く二人。パンフレットを片手に目を輝かす綾乃とは対照的に、京介は二日酔いのような表情でとぼとぼと歩く。

「どうしたの？　何か今日、元気なくない？」

「……大変だったんだ」

「何が？」

「あのあと家に帰って……ぼ、僕の写真が、母さんの手に渡って……！」

女装写真を入手した千鶴子は、あまりの可愛さに感動したらしく、どこから用意したのか同じようなゴスロリを持って玄関で待っていた。

飛鳥も加わって拘束され、無理やり着替えさせられ撮影会開始。

その後もあれを着てくれこれを着てくれと着せ替え人形にされ、肉体的にも精神的にも満身創痍となった。この疲れが、一晩の睡眠で癒えるわけがない。

「よくわからないけど、先に何か食べよ。美味しいもの食べたら、元気出るかもだし！」

「そう、だな……」

校内には服飾部のコスプレ喫茶のような何かしら凝ったコンセプトを持つ飲食店か、お化け屋敷のようなアクティビティ系が出店されており、校庭には焼きそばやたこ焼きなど定番の店が並ぶ。

昨日は校内と中庭にしか行っていないため、校庭に行こうという話になった。

価格帯が比較的落ち着いた店が多いというのと、横と縦の繋がりが強い体育会系の部活が多いのもあり、昼前のこの時間帯から凄まじい人だかりだ。

「すごいねー。本当にお祭りみたい！」

周囲をキョロキョロと見回す双眸は、五歳の少女のようにキラキラとしていた。

その顔一つで疲労がいくらか薄れてしまうのだから、美貌というのはある意味恐ろしい。

「文化祭って、すごく憧れてたんだ！　いいねこういうの、すごくいい！」

「中学の頃はなかったのか？」

「あったけど、仕事と被ったりしてて。中一の時なんて、楽しみ過ぎて熱出してさ」

「っ……」

「今笑ったでしょ！　子供っぽいなって思ったでしょー！」

「お、思ってないよ。全然思ってない」

「嘘つくなら人前で抱き着くよ」

「ちょっと思ってました」

「……抱き着かれるの、嫌なんだ」

「時と場所によるだろ⁉」

脅しで無理やり本音を引き出したのに、脅しが実行できなくて落ち込むという面倒臭い事態に、京介は声を張り上げた。

それが災いし多くの視線を浴び、コホンと咳払いして縮こまる。

いつも教室でやっているように、誰からの注目も集めないように。

「わー！　綿あめだー！」

テニス部による綿あめ屋。

それを発見するなり、綾乃はけろっと顔色を元に戻し駆けて行った。

（子供だなぁ……）

父親のような気分になりながら、嬉しそうに購入する姿を見守る。

戻って来た彼女の手には、カラフルな綿あめが二つ。京介の分まで買って来たらしい。

「一緒に食べよ？」

「あ、あぁ、うん。ありがとう」

ありがたく受け取って、早速口に運ぶ。

この手の屋台菓子を食べるのは久しぶりだ。単純な甘さが、疲れた身体に染み渡る。

「……あっ」

ふと、先ほどと同様に周囲の視線が突き刺さっていることに気づいた。

男女が、まったく同じ綿あめを食べながら並んで歩く。恋人同士だと思われても仕方がない。

「どうしたの、京介？」

「いや、別に……う、美味いな、これ……」

急いで綿あめを口に詰めて他人面したいところだが、下手なことをして綾乃に悟られては困る。そこで京介は、顔を伏せながらモソモソと綿あめを貪る。

綾乃からどれだけ気にしなくてもいいと言われても、そう簡単にはいかない。

もう二度と、なんか、とは言わないが、この劣等感はアスファルトに張り付いたガムのように強情で中々剝がれない。

「すっごーい！　大玉のたこ焼き売ってるよー！」

まだ綿あめも食べ切っていないのに、綾乃の瞳は次の店をロックオンした。

サッカー部によるたこ焼き屋。焼き立てを提供してくれるらしく、店先で出来上がるのを待つ。

「どうも、綾乃ちゃん。藤村さんも」

聞き知った声に振り返ると、もちゃもちゃとイカ焼きを食べる沙夜がいた。

「あれ、東條は？　一緒に回るって、昨日言ってなかった？」

「あぁ……あのアカデミー賞級のバカオブバカ、自分のシフトを忘れてたっぽくて。わたしと一日中遊ぶって約束したのに、クラスの人たちに連行されていきました」

険しい顔をする沙夜。

悲痛な叫びをあげながら、大勢に拘束されて連れて行かれる琥太郎の姿が目に浮かび、京介は小さく笑みを漏らす。

「そ、それは災難だったね」

「いいんです、来年は放置するので。土に埋めてやります」

苛立ちたっぷりに言って、獣のようにイカを噛み千切った。

彼女も彼女で、実は楽しみだったのだろう。

「それ、美味しい？」

「美味しいですよ。……ま、まさか綾乃ちゃん、わたしの食べ掛けを——」

「売ってるとこ教えて！　私も欲しい！」

「……あぁ、はい。案内します」

「ありがとー！　じゃあ京介、悪いんだけど買ってきてくれる？　私、たこ焼き受け取らないとだから！」

「わかった」

いってらっしゃいと綾乃に手を振られながら、京介は沙夜に連れられ歩き出した。

沙夜としては、綾乃と一緒に行きたかったのだろう。イカ焼きを食すそのどこか浮かない横顔が気になり、ちらちらと視線を送る。

「あの、何ですか？」

「えっ。あ、いや……詞島さんは、綾乃と一緒に行きたかったんじゃないかなって」

「それはそうですが、そんなことで気を悪くしたりしませんよ。子供じゃないんですから」

綾乃がちょっとしたことでも喜んだり落ち込んだりするため、すっかり感覚がバグっていた。沙夜の対応が普通で、正しいのかもしれない。

「藤村さんも大変ですね」

「大変？　僕が？」

「綿あめを食べてるところを見ました。藤村さん、必死に他人のふりしてたでしょ」

「……あ、綾乃には言わないでくれ」

懇願すると、「言うわけないじゃないですか」とため息混じりに返す。

「男性が綾乃ちゃんの隣にいたら、そういう目で見られちゃいますしね。プレッシャーに感じるのは仕方ないと思います」

気にするなと、綾乃はオウムのように繰り返すばかり。

思わぬ理解者の出現が嬉しくて、「そうなんだよっ」と語気を強める。

「でも、藤村さん」

そう言ってこちらに顔を向け、眼鏡越しの栗色の瞳がパチリと瞬いた。

「綾乃ちゃんが一番輝いているのは、間違いなく藤村さんのそばにいる時ですよ」

「……い、いいよ。そういうお世辞は」

「わたしが綾乃ちゃん絡みで、お世辞を言うと思いますか？」

相当な時間を綾乃に注いだ彼女が言うのだから、きっとその言葉に間違いはない。

だからこそ、恥ずかしくて肯定できないし、嬉しくて否定もできない。

「もっと胸を張ってください。じゃないと、綾乃ちゃんが可哀そうです」

簡単に言われても、と反論したくなったが、沙夜と言い争いになっても仕方がない。

喉元の言葉を呑み込み、案内された屋台でイカ焼きを購入。

すぐさま綾乃の元へ戻ると、彼女は既にたこ焼きを一個頬張っていた。

「おふぁえひ！　あひがほー！」

焼き立てのたこ焼きの熱さに悶えながら、綾乃はイカ焼きを受け取った。

口の中のものをゴクリと胃袋へ押し込めて、「これお返しね」とたこ焼きを一つ持ち上げ口元に近付ける。

「熱いから気を付けてね」

「えっ、あ、いや……」

周りを絶えず行き交う人々。

たくさんの視線。もちろんその中には沙夜のものも含まれており、頭の中で先ほどの彼女の言葉が反響する。

「熱っ‼」

散々迷った挙句にたこ焼きを頬張ると、あまりの高温に舌を火傷し羞恥心が焼け落ちた。

たこ焼き一つでどうでもよくなってしまう気持ちなら、さっさとこうしておけばよかった。そう思いながら、はふはふと口内の熱を逃がしつつ咀嚼する。

綾乃は目を細めながらその様子を見つめて、「沙夜ちゃんにも」と横へ視線を流す。

「わ、わたしもですか！　いいんですか⁉」

「いいよ。はい、あーん」

「うひゃあああ‼」

沙夜の絶叫は何にも増して注目を集め、大観衆の中でたこ焼きを頬張った彼女は、今にも昇天しそうなほど恍惚(こうこつ)とした顔で空を見つめていた。

ある日の2人『写真』

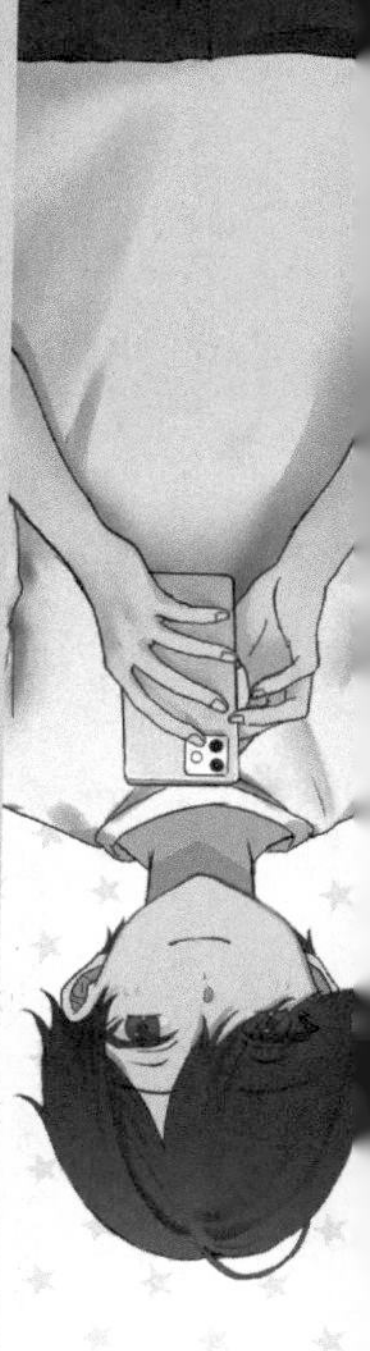

きょー
既読
20:22
僕の女装写真
飛鳥からもらっただろ
あやの
何のこと？
20:30
きょー
既読
20:30
消して
あやの

20:31
あやの
これ？
20:31
きょー
既読
20:32
いつの間に撮ったんだよ

第13話　ちょっと離れてくれないか？

♠

「一応、あのバカのクラスに顔を出そうかと思うのですが、お二人もどうですか？」

「はいはい！　行きたいです！　京介もいいよね？」

「別にいいけど」

沙夜に先導され、琥太郎のクラスが主催するお化け屋敷へ向かう。

文化祭のド定番の一つなためか、かなりの行列ができていた。

絶叫を響かせながら一組が出て行き、次の一組が入って行く。彼ら彼女らも大きな叫び声をあげ、中には半泣きの生徒もいる。

「うわぁ。結構気合入ってるっぽいね……！」

「琥太郎君のクラスにすごく真面目な人がいて、その人があらゆるお化け屋敷を研究して作ったらしいです。先生曰く、過去最凶だとか」

「お化け屋敷を研究って……ぶ、文化祭にそこまで魂燃やすやつなんかいるんだな」

自分たちのクラスとの温度差に、三人は一様に苦笑した。

「そういえば昨日、藤村さんの絵を美術の先生が褒めていましたよ。これならコンクールとかに出しても入賞できるって」

「すごいじゃん、京介！　今度出してみようよ！」

「い、いいよ。結果出そうとか思って、描いたことないし」

「絵は誰かに習ったんですか？　部活とか、絵画教室に通っていたとか？」

「そういうのは全然。元々暇潰しで描いてたけど、中学の頃にすごく褒めてくれるやつがいて、よくそいつに描かされてたんだ」

「じゃあその人が、藤村さんの師匠ということですね」

「師匠っていうか……うん、まあ、師匠かな。色んな意味で」

脳裏に浮かぶ。中学の光景が。放課後の静けさが。

紙と汗とチョークの匂い。窓際の席、二人だけの教室。

『京介って、絵上手いけどクリエイター向きじゃないよね。メンタル弱過ぎだし』

彼女は言う。悪戯っぽい笑みで、何もかも見透かしたように。

『もしその道進むなら、私のこと雇って。誰に何言われても、絶対守るから』

あれが本気だったのか、冗談だったのか、今も昔もわからない。

しかし思い返してみても、彼女の言葉には確かな安心感があった。

「わ、私も褒めたよ！」

後ろにいた綾乃が、京介の肩に手を置いて頭に顎を乗せた。ぐーっと上から顔を覗き込み、ぱちぱちと瞬きをする。

「いっぱいいっぱい褒めたよね！　ねっ！」

「あ、あぁ。うん、褒めてくれたな」

「嬉しかった？」

「えーっと、う、嬉しかった。すごく嬉しい」

突然何を言い出したのかまったく理解できず、京介は困惑しながら返答した。

綾乃は満足したのか、頭頂部に顎を置いたまま「ふふふ」と笑う。

「次の方ー」

受付に声をかけられ、沙夜は振り返った。

じゃあ行くか、と歩き出しかけた京介に待ったをかけて、沙夜は一人入口へ向かう。

「じゃあわたし、先行ってますから」

「えっ？　一緒に行けばいいだろ？」

「藤村さん、ちょっとは空気読みましょうよ。そういうの、本当に良くないですよ」

琥太郎に言い聞かせるような鋭い口調に、京介はそれ以上何も口にすることができなくなった。

ふっと、彼女の視線が綾乃の方へ向く。何やらアイコンタクトをして、スタスタと暗い入口へ入って行った。

「な、何だったんだ……？」

「さあ、何だろうね」

綾乃の声が心なしか上機嫌で、京介はもう一つ疑問符を浮かべた。

「せっかくだし、前みたいに罰ゲームありでやる？　悲鳴あげた方が負けのやつ」

「嫌だよ。どうせお前、また僕のこと――」

言いかけて、あの時顔に感じたやわらかさが蘇った。

途端に頬が熱くなり、続く言葉を呑み込んで低く唸る。

「ていうか、これ以上僕に何させたいんだよ。勝った人が何でもなんて権利使わなくたって、大抵のことはするだろ」

「何って、色々あるよ」

「例えば？」

「……な、内緒」

ほんのりと顔を赤くしてそっぽを向いた綾乃。

わけがわからず、「はぁ？」と京介は呆(あき)れた声を漏らす。

「うぎゃああああああ!!」

突然、お化け屋敷の出口から妖怪の仮装をした男が何かに投げ飛ばされたように出て来た。

男はすぐさま立ち上がり、「な、何するんだ東條(とうじょう)!?」と必死の形相で訴える。

「何じゃねえ！　沙夜を怖がらせてんじゃねえよ！」

怒声をあげながら、黒子役なのか全身黒ずくめの琥太郎が登場。

明るい中で見るとかなり間抜けな格好なため、怒りにまったく迫力がない。

「お、お前、ここが何するとこかわかってねえのか!?」

「わかんねぇよ、そんなもん!!」

「何でだよ!?」

琥太郎の頭上には、デカデカとお化け屋敷と書かれた看板が付いていた。

あまりにもシュールな光景に誰もが絶句していると、小さな影が出口から飛び出し、琥太郎の背中にドロップキックをぶち込む。

言うまでもなく、沙夜の仕業だ。

無様に倒れ伏す琥太郎の背中に片足を乗せて、火のついたタバコを消すようにグリグリと踏む。巨大ゴキブリの退治にしか見えず、あちこちからクスクスと笑いが漏れる。

「本当の本当に超ド級のウルトラスーパーバカですね、琥太郎君は。わたしはあなたのバカさ加減が一番怖いです」

「……ほ、褒めてる？」

「そんな下らないことを言う舌はいりませんね」

「ごめんなさい！　本当に申し訳ございません！」

必死の謝罪をする琥太郎に対し、沙夜は優しい表情で手を差し伸べた。

パッと表情を明るくして立ち上がるが、すぐさま沙夜から目にも留まらぬ速度の往復ビンタをお見舞いされノックダウンする。

「ちょっとこの人お借りしたいのですが、大丈夫ですか？」

「ど、どうぞどうぞ」

妖怪の仮装をした男に許可を取り、沙夜は琥太郎を引きずって歩き出した。

怒りが頂点に達し、筋力のタガが外れているのだろう。プラごみが詰まった袋を持つような、軽々とした足取りである。

「す、すみません。十分か二十分ほど、お時間いただいてよろしいですか？」

人員が一人抜けたせいだろう。受付にそう言われ、京介は頷く。

「あっ。ごめん、ダメだ。私、シフト入ってる」

「え？」

「展示の受付。十五分後だし」

京介は免除されているため、すっかり忘れていた。当然、綾乃にも割り当てられた仕事がある。

こうなっては仕方がないため、列から抜け出す。

「僕も行くよ。どうせ暇だし」

正直、少し安心した。

悲鳴をあげた方が負け。いつかのような手法で負け扱いになった時、今度はどんな要求をされるかまったくわからないのだから。

♥

「全然人来ないね」

「そうだな」

受付を交代してから三十分が経過した。

来たのは老夫婦一組だけで、誰もが教室の前を通り過ぎてゆく。

当然だ。どれだけ上手くても、ここは美大でも美術館でもない。誰が好き好んで、文化祭にどこぞのクラスの自画像を見るのか。

（京介、へこんでないかな……）

ふと、隣に座る彼の顔色をうかがった。

いつもと変化はなく、体育館の方から聞こえてくる軽音部の演奏に耳を傾けている。

「……ん？　どうした？」

視線に気づかれ、綾乃は「ううん」と首を横に振って誤魔化した。

「文化祭、楽しかったね。こんなに楽しいなら、明日も明後日もやればいいのに」

「夏休み最終日も同じようなこと言ってたけど、文化祭は来年もあるんだぞ」

「次はちゃんと参加できるかわからないし。仕事と被っちゃったら、向こうを優先しないとだから」

「……あぁ、そっか」

「その時は、京介が代わりに服飾部手伝ってあげてね」

「何でまた女装しなきゃならないんだよ」

「女装してなんて言ってないけど、もしかして結構はまっちゃった？」

回答はなく、ただ酷く不機嫌そうな顔でそっぽを向かれてしまった。

まずい、機嫌を損ねた。

しかし、反応がいちいち可愛いから困る。

「誰も来ないし、私がお客さんになっちゃおーかなー」

帳簿に自分の名前を記入し立ち上がった。

一枚一枚額に入れられ、ボードに飾られた自画像たち。

話したことのない男子、正直いい思い出がない女子。いつも元気な彼や、いつも本を読む彼女。クラス全員が、それぞれ別のタッチで描かれている。

「……あれ？」

自分の自画像の前で立ち止まり首を傾げた。

どういうわけか二枚ある。

片方は模写して描いた下手くそな自画像で、もう片方は別人かと見紛うほど極上に上手い。

「これ、もしかして京介のじゃない？」

「えっ⁉ な、何でこれがここに……！」

彼は急いで立ち上がり、その絵を手に取った。

「っていうか、それ、私が模写したやつじゃないよね。何か雰囲気が違うし」

「あ、あぁ」

「何で描き直したの？」

と、尋ねて。

いつかの彼の台詞が記憶のタンスから飛び出し、ハッと目を見張った。

『本物より綺麗に描きたかったけど、全然上手くいかなかった』

目の前で似顔絵を描いてもらった時、彼は完成品を見てそう言った。

『悪いんだけど、描き直させてもらっていいか？　せっかく直に見させてもらってるのに、こんな出来じゃ納得できない』

あまりに恥ずかしくて、結局描き直しをすることはなかった。

しかしここには、確実に描き直された絵がある。これは一体どういうことだろう。

「悪いな、とは思ったんだけど。ごめん、授業中に描いた。顔、盗み見しながら」

「……えっ」

「ど、どうしても納得がいかなくて。……本当にごめん」

以前カラオケ屋で、勝手に顔を見るなと言ったことがあった。京介が異様に申し訳なさそうにするのは、そのためだろう。

もちろん、それについて思うところはある。

だが、怒る気にはなれない。

どれだけの時間、どれだけの期間かはわからないが、自分を綺麗に描きたいがために労力を使ってくれたことが単純に嬉しい。

「机に入れてたのが落ちて、誰かが勘違いして飾ったんだろうな。……っていうか、絵の数がクラスの人数より多いんだから、誰か気づいて除いとけよ」

言いながら額縁から外し、丁寧に丸めて自分の机に入れた。

少し勿体ないような気はするが、自画像展なのに同じ作者の絵が二枚も飾ってあるのはおかしい。あとでバレて、万が一にでも問題になるのは困る。

「私のを描き直したなら、京介のも描き直しなよ」

「何でだよ。僕のは別にいいだろ」

「だって本物の京介は、もっと格好いいし。これ、ちょっと違う」

そう言うと、京介はカーッと顔を赤らめて縮こまり、「暇な時にやっとく」と呟いた。

絵は全て見終わった。お客さん役も終了。

受付に戻って席に着くと、彼はおもむろにポケットから何かを取り出し、落ち着かなそうに指を開いてそれを見せる。

「うわっ！　えっ、ニャン子じゃん！　何でなんで！　どうして!?」

夏休み最終日。

ゲームセンターでやったクレーンゲーム。

そこで柴犬のシバ太のキーホルダーを獲り、京介にプレゼントした。すぐに猫のニャン子も獲ろうとしたのだが、京介にお金がもったいないと言われ諦めたのに、なぜか今それが目の前にある。

「……実は綾乃がプリクラで落書きしてる時、僕やることなくて暇だったから獲っといたんだ。欲しそうにしてたし」

「だったら、すぐ渡してくれればよかったのに。何でずっと持ってたの？」

「い、いや……だって、誕生日とかそういうのでもないのに、プレゼント渡すとかキモいんじゃないかとか思って。しかも形に残るものだし、余計に嫌がられるんじゃとか色々考えちゃって、ずっと鞄に入れてた」

相変わらずすごい悲観的思考だなと、一周回って尊敬してしまった。

彼からの贈り物なら、それが黒焦げのホットケーキでも完食するのに。

「でも、どうして今？　私のこと見たお詫び？」

「それもあるけど……何ていうか、詞島さんからもうちょっと胸を張れって言われて。だから、渡そうと思った」

戸惑いながらも、不安に負けそうになりながらも、ゆっくりとこちらにキーホルダーを差し出す。

これまでの人生で、他人からプレゼントを貰った回数は十や二十では利かない。その中には極めて稀少なものや、金額の桁がおかしいものもある。

しかし結局、月並みでありきたりで当たり前なのかもしれないが、好きな人から貰うものが一番嬉しい。

もの自体もそうだが、彼がサプライズ目的でこっそりと獲ってくれたことや、それを渡そうと苦労してくれたこと、今こうして決心し渡してくれたことが堪らなく胸を燃やす。

「ありがとう。すっごく嬉しい……！」

受け取って、手の中で感触を確かめた。

ずっとポケットに入れていたのか、やけに温かい。ふわふわとしていて気持ちがよく、彼の髪の触り心地によく似ている。

「一緒に鞄に付けて、お揃いにしようよ。シバ太とニャン子、二匹で一組だし。私、そういうの憧れてたんだ」

「鞄って、学校に持ってくやつか？」

「それ以外にないでしょ」

「……恋人みたいに思われそうだな」

「困るの？」

これを言うと、きっと彼は顔を赤くして黙る。

申し訳ないと思いつつ、あの表情が好きだ。眉間にシワを寄せて、何かに抗うような顔。

小動物に意地悪をしているようで、嗜虐心が満たされる。

「……まあ、別に困らないけど」

まったく予想外の回答に、「へっ？」と裏返った声を漏らす。

「何だよ。勘違いしたいやつにはさせとけばいいだろ」

「……そ、そういう風に見られても、平気なの？」

「全員が全員、そう見るわけじゃないし。綾乃は嫌なのか？」

「全然嫌じゃない‼　っていうか、むしろ嬉しいし‼」

「……嬉しいって何だ？」

「つ、つまりそれだけ仲良しって思われるわけだもん！　そういう意味の嬉しいだから！」

「ふーん」

昨日までの京介なら絶対に吐かない台詞に、完全にペースを乱された。

意味がわからない。一体何が起こった。

(何だこれ、すっごい恥ずかしい……！)

いつも京介は、こういう気分を味わっていたのだろうか。

だとすると、ちょっと反省しなければ。

顔が熱過ぎて、このまま燃えてなくなってしまいそうだ。

「……ありがとう」

窓の外を見つめたまま、ぽつりと零した。

「綾乃と仲良くならなかったら、僕……文化祭がこんなに楽しいなんて知らなかったよ」

どこか大人びた横顔に、綾乃は緩く唇を噛む。

一人で一歩前進されたような気がして、少しだけ悔しい。

「何それ、死亡フラグ？　やめてよ、死んじゃったら泣くどころじゃ済まないからね」

「済まないって、何するんだ？」

「剝製にする」

「怖っ!?　悪趣味にもほどがあるだろ！」

ドン引きさせてしまい、京介は僅かに席を横にずらして距離を取った。

その二倍の距離を詰めて、横から彼に覆いかぶさる。

(私だって――)

恥ずかしがって悶える彼の髪に鼻を押し当てて、これまでの足跡を振り返る。

きっと彼に出会わなければ、中学と同等かそれ以上に悲惨な高校生活を送っていた。そこまで酷いものになっていなかったとしても、母親の件があった時に潰れていただろう。

小さな身体で、おっかなびっくり、しかし強引に手を引いてくれなければ、今日こうして心底楽しいと思う自分はいない。

「こちらこそありがとう。私と仲良くしてくれて」

「……何でもいいんだけど、ちょっと離れてくれないか?」

「嫌だけど?」

「どうしても?」

「うん。絶対嫌」

「そう、ですか……」

ふと視線を感じ振り返ると、教室の前を通りかかった女子生徒がこちらを見て目を剝いていた。まずいところを目撃してしまった、という顔である。

綾乃は小さく鼻を鳴らす。

誰にもあげないよと、笑みを添えて。

楽しかった文化祭も終わり、あちこちで片づけが始まった。

皆名残惜しいのか、手の進みは遅く、口の方がよく動く。

他愛もない雑談が響く廊下を抜けて、人通りの少ない場所へ。

ぽつりと明かりのついた、その部屋に入る。

机と椅子を隅に寄せた教室で、藍川は窓際に背を預けて待っていた。

「ごめん。こんなとこに呼び出して」

重たそうな身体をゆらりと揺らして壁から離れ、一歩二歩と前に出た。「全然いいよ」

と綾乃はにこやかに言って、

「で、話ってなに？」

左手に忍ばせたニャン子のキーホルダーを握り締め、最後の仕事に取り掛かった。

第14話　僕は裏切ったんだ

♠

高校最初の文化祭が終わった。

用事があるから少し待っていて欲しいと綾乃が言うため、京介は適当に校内を見て回っていた。

ほんの数時間前まで賑やかだったそこには、祭りの残り香が漂う。今日への寂しさと明日への気怠さが入り混じった、心地のいいぬるさの空気が床を這う。

「あっ！　藤村君だー！」

目が覚めるようなピンクの髪をなびかせ、前方から桃華が走って来た。

イエーイと意味不明なハイタッチを求められて反射的に応じると、彼女は満足そうにコロコロと笑う。

「昨日はありがとねー。もうね、すっごい売り上げ！　昨日だけで、この学校始まって以来の数字叩き出しちゃったから！」

「それはよかったけど、今日は大丈夫だったのか？　綾乃いないし、客から文句とか……」

「んー。まあちょっとはあったけど、これぱっかりは仕方ないよね。綾乃ちゃんもそうだけど、藤村君もすごかったんだよー？」

「ぼ、僕が？」

「この写真の子はどこだーって、結構な数の男の子が来てさ。やっぱり、アタシの目に狂いはなかったね！　うんうん！」

腕を組んでしたり顔の桃華。

最終的に女装をすると決めたのも、写真撮影を了承したのも自分だ。こうなってしまったことに文句はないが、胸を張って誇られるとどういう表情を返せばいいかわからない。

「そういえば、綾乃ちゃんは一緒じゃないの？　さっきから見当たらないけど」

「用事があるからってどっか行ったよ。誰かに呼び出された、みたいなこと言ってたけど」

「あっ！　なるほどー、藍川君のとこか。そっかそっか、青春だなー」

「藍川って、あの背の高いやつ？」

自分に対し態度が悪かったことを思い出しながら尋ねると、桃華は「うん」と首肯した。

「何かね、綾乃ちゃんのこと好きっぽいんだよねー。コスプレ喫茶に綾乃ちゃん誘いたいって言い出したのも、藍川君だし」

「好きって……ファン、とかじゃなくて？」

「そうそう。綾乃ちゃんも大変だろうけど、あれだけモテたら気持ちいいだろうなー」

なるほど、と京介は内心頷(うなず)いた。

あの態度の悪さは、彼女が自分に対してやたら距離が近いことを妬んでのものだろう。だとしたら、諸々(もろもろ)に合点(がてん)がいく。

「っていうか藤村君、やっぱり藍川君に何かしたんじゃないのー？」

「え？」

「こじれちゃう前に、謝っといた方がいいと思うけどなー」

「いや、本当に知らないんだって。面識すらないのに」

「それは嘘(うそ)でしょ」

ノータイムでの切り返しに、京介は首を傾(かし)げた。

「昨日、藍川君言ってたよー」

悪意のない、心配そうな笑み。

こちらのことを案じている、そういう表情。

「藤村君と、同じ中学だったって」

瞬間、冷たい影のようなものが足元いっぱいに広がった。

嫌な記憶が蘇（よみがえ）る。

思い出したくもないそれが、決して忘れてはいけないそれが、足にしがみついて太ももに爪を立てる。

「……ごめん、伊織（いおり）さん。僕ちょっと、用事思い出したから」

「あっ、うん！　またねー！」

勢いよく走り出し、どこにいるかもわからない綾乃を探す。

ただの妬みならいい。それが一番いい。

もしも、別の思いがあったなら。同じ中学であることが、深く関係しているなら。嫌な想像が降り積もり、泥の中で藻掻（もが）くように足が重い。

それでも進む。

全てが杞憂（きゆう）であってくれと、切に願いながら。

♥

「で、話ってなに？」

前置きや世間話はいらない。

早くこの緊張感から抜け出したい一心で、早速本題に入った。

「実は……俺、佐々川さんのこと、入学した頃からずっと見てて」

「えっ。あ、うん。ありがとう」

「いや、違う！　見てたって、変な意味じゃなくって！　憧れみたいな、そんな感じで……」

言葉を探りながら、一音一音、丁寧に発してゆく。

（あぁ……やっぱり、そういう感じか……）

想像はしていたが、ここまで言われればもう確実だ。

ニャン子の毛並みを指の腹で確かめて、唇を緩く噛む。

「佐々川さんってマジですごいよ。俺と同い年なのに、大人に交じって仕事してて」

「う、うん」

「俺、モデルになるのが夢なんだ。……そういうのもあって、いつも佐々川さんのこと目で追ってて」

「……うん」

「だから、その……いつの間にか、好きになって、し、しまいました……！」

わかっていた。覚悟はしていた。

それでも、何度経験しても慣れない。何の気もない相手から大きな感情を向けられると、頭の中がぐちゃぐちゃになって声が詰まる。思考が鈍化して、口の中が渇く。

「あ、あのね、私――」

「わかってる！　佐々川さんに付き合ってる人がいるってことは！」

付き合っているわけではないのだが、下手に訂正すると面倒なことになりかねない。

黙ってやり過ごして、うんうんと頷く。

もしかしたら、ただ気持ちを伝えたかっただけなのかもしれない。どうにもならないとわかっていても、口にせずにはいられなかったのかもしれない。

「でも、佐々川さんは知ってるのか？　あいつが……藤村がどういうやつか」

「……え？」

藍川は眉間にシワを寄せ、汚いものを見るような目で床を睨みつけ、吐き捨てるようにそう言った。

「どういうやつって、な、何それ？」

「あぁ、やっぱり知らないのか。そりゃそうだよな。自分が何したかなんて、彼女に話すわけないし」

「ちょっと待って！　藍川は京介の何なの⁉　知り合いじゃないって、今朝言ってたじゃん‼」

「知り合いじゃないよ。ただ、同じ中学に通ってただけ。一回もクラス被ったことないから、俺が一方的に知ってるだけだし」

点と点が繋がってゆく。

『……中学の時に、僕は友達を裏切ったんだ』

いつかの彼の台詞が、頭の中で再び流れる。

「藤村と一緒にいるのはやめた方がいい」

確信を以て言う。

恋の告白よりも、ハッキリとした口調で。

「だって、あいつ——」

♠

綾乃の目立つ容姿が幸いし、作業中の生徒に話を聞くと、すぐに彼女がどこへ行ったのかわかった。

急いで向かうと、明かりのついた教室が一つ。

そっと中を見ると、綾乃と藍川がいた。

「ちょっと待って！　藍川は京介の何なの⁉　知り合いじゃないって、今朝言ってたじゃん‼」

「知り合いじゃないよ。ただ、同じ中学に通ってただけ。一回もクラス被ったことないから、俺が一方的に知ってるだけだし」

話の流れはよくわからないが、かなりまずいことだけは理解できた。

今すぐ教室に飛び出して、綾乃の手を取って学校を出る。

それがいい、それしかない。

「藤村と一緒にいるのはやめた方がいい」

あまりに直接的な言葉に、京介は一瞬教室に入ることを躊躇った。

釣り合っていないと言われた時の、あの感覚と同じ。

自信という自信が、気力という気力が抜け落ち、あとには空っぽな本体が残る。

「だって、あいつ……中学の頃、同じクラスのやつの財布盗んだんだぞ」

藍川の声が、教室の隅々にまで響き渡った。

聞こえなかった、などあり得ない。綾乃に確実に届いている。

だとすれば、京介が取るべき選択肢は一つ。

まだ遅くはない。教室に入って、本当のことを叫ぶだけ。

（違うって言えよ！　何で……何で動かないんだよ、くそっ‼）

扉を開くための指に力が入らない。

先に進むためのつま先が仕事をしない。

唇が震えて声が出せない。

違う。それは違う。たったそれだけのことが口にできない。

理由は明白だ。ただひたすらに、怖い。恐ろしい。

ここで言っても、綾乃は信じてくれないのではないか。登場のタイミングがあまりに良過ぎて、逆に疑われてしまうのではないか。だったらむしろ、このまま黙ってやり過ごして彼女の判断に任せた方がよいのではないか。

その結果――。

彼女が自分から離れてしまっても、それはもう仕方がないのではないか。

いいはずがないのに、それだけは絶対に嫌なのに、頭の中の弱気な自分は楽な方へと気持ちを引っ張る。ぬるま湯へと引きずり込む。

「……財布を盗んだ？　京介が？」

「同じ中学のやつなら、皆知ってるぜ。中三の頃、藤村がクラスの女子の財布盗んだって」

「何でそんなことしたの？」

「泥棒の気持ちなんかわかるわけないだろ」

「じゃあ、盗まれた子はなんて言ってるの？」

「……いや、そんなのわざわざ本人に聞かないし」

「現場は見たの？」

「さっきも言ったけど、同じクラスだったことがないんだって。でも、皆知ってる話だし」

　そこまで聞いて、なぜか綾乃の顔から緊張感が失せた。

　反抗期の子供が親の小言を躱すように、「あーはいはい」と嘆息混じりに零す。

「つまり、嘘ってことね」

　あっさりと、何でもないように、当たり前のように、綾乃は言い放った。

「何それ、バカみたい。どうせつくなら、もうちょっとマシな嘘ついたら？」

「う、嘘じゃない！　あいつは……そ、そういうやつで……！　このことは、何十人も知ってるんだぞっ！」

「で？」

思考の余地すらない切り返しに、藍川は閉口する。

「十人が信じてたら、嘘（うそ）が本当になるの？　百人が信じてたら、盗んでないものが盗んだことになるの？　千人？　一万人？　別に何人集めてくれてもいいけど、私は信じないから」

「お前バカなのか⁉　実際あいつ皆にハブられて、中三の頃はほとんど不登校だったんだ！　それが証拠だろうが！」

「動機はわからない、盗まれた人から話も聞いてない、現場に立ち会ったわけでもない人が、何で全部知ってますみたいな顔してるの？　私は確かにバカだけど、藍川ほどのバカには頑張ってもなれないよ」

今まで聞いたことがないほど、その声は怒っていた。

冷静さを保ちながらも激怒していた。

「もういい？　私、帰りたいんだけど」

「……何なんだよっ」

身体（からだ）を震わせながら、藍川は声を絞り出す。

「何でなんだよ！　藤村なんかより、俺の方が絶対にいいって！　財布盗んだりしないし、見てくれだって俺の方が勝ってるだろ！　わっかんねえのかよ、こんな単純なことが‼」

よたよたと危うい足取りで綾乃に迫る。

その顔におおよそ知性と呼べそうなものはなく、ただただ余裕がなく必死だ。怒りと焦りが混じった瞳で綾乃を睨み、摑みかかろうと腕を伸ばす。

「――――ッ」

歯を食いしばり、釘で打ち付けられたように動かない足を床から引き剝がした。

身体を教室の中へと投げ入れて、全霊を以て彼女のもとへ急ぐ。身体中にまとわりついた卑屈さを、置き去りにするように。

「ふ、藤村……？」

すんでのところで綾乃の前に滑り込み、藍川の腕を捕らえた。

藍川は目を白黒させるが、すぐに状況を呑み込みギリッと奥歯を嚙み締める。

「邪魔すんじゃねえよ‼」

鼻先に衝撃が走り、床に倒れ伏してから自分が殴られたことに気づいた。

前に琥太郎から殴られた時のような、愛のある拳とはまるで違う。

暴力らしい暴力を人生で初めて体験し、痛みも相まって頭が真っ白になった。

それでも微(かす)かに残った冷静さを握り締め、今すぐこの場から綾乃を逃がさなければと視線を上げる。

「ふっざけんなぁああああああああ――ッ‼」


そんな心配を一笑するように、両の瞳が捉えたのは藍川に殴りかかる綾乃の姿だった。

藍川は頬を押さえながら、後ろへ大きくのけ反る。

まだ気が済まないのか、綾乃は獣のように息を切らしながら一歩前に踏み出す。このままではまずいと感じた京介は、彼女の足にしがみついて進行を阻(はば)む。

「藤村なんか⁉ なんかって何さ、何にも知らないくせに‼」

「お、落ち着け。僕は平気だからっ」

「私と付き合いたいなら、せめて自分のどこがいいか言いなよ‼ 私の大切な人のことバカにして、それで気を引こうとか頭おかしいんじゃないの⁉」

ビリビリと窓ガラスが軋(きし)む。

今にも牙を剝(む)いて噛みつきそうな剣幕に、藍川は文句の一つも吐き出せず狼狽(うろた)えた。呼吸の仕方を忘れたのかただ唇を開閉して、群れからはぐれた小鹿のように危うい足取りで教室の扉へ向かう。

「謝れ‼　謝れよバカッ‼」

怒り以外の感情を全て捨て去ったような声に、藍川は小さく悲鳴をあげて逃げて行った。

それを追おうと全力で藻掻く綾乃だが、十秒ほど経つと流石に諦めたのか、全身から力を抜いて尻餅をつく。

「だ、大丈夫か……？」

肩で息をしながら、呆然とした顔で虚空を見つめる。

不意にダムが決壊したように瞳から涙が溢れ出し、ボタボタと床に水溜まりを作った。

手の甲で何度も何度も目を擦って、「ごめん」と掠れた声で呟く。

「ごめん、ごめん……ごめんね……っ」

苛立ちが頂点に達し、感極まって泣いてしまったのだろう。そこは理解できる。

しかし、なぜ謝るのかがわからない。

悔しそうに、申し訳なさそうに、なぜそうも身体を震わせるのかわからない。

左手の中から、ぽろっと数時間前に渡したキーホルダーが零れ落ちた。

彼女はそれを両手で拾い上げて、ぎゅっと胸の中で抱く。

「京介に……あ、謝らせること、できなかった……っ！」

嗚咽を漏らしながら、懸命に言葉を紡ぐ。

垂れた鼻水が、床との間に銀の橋を架ける。

（……そっか）

彼女の背中をさすりながら、京介は思った。

泣きじゃくる女性を前にしてこれはどうなのか、と自覚しつつも、この思いは追い風を受けたように加速してゆく。

（僕は――）

きっとこれは、ずっと前からあった感情だ。

すぐそこにあったのに、見て見ぬふりをしていた感情だ。

拒絶されるのが怖くて、身の程知らずだと諦めて、認められなかった感情だ。

「……ありがとう」

謝罪の有無など、京介にとってはどうでもよかった。

「ありがとう、綾乃。いいんだ、僕は。もう十分だから」

胸がいっぱいで、苦しくて、嬉しくて、愛しくて。

何もかも一切合切が、どうでもよかった。

♥

気持ちが落ち着いたところで、一旦外の空気を吸おうと誘われ校庭に出た。

あれだけ活気が溢れていたそこは屋台の残骸が転がるばかりで、運動部の生徒たちは談笑を楽しみながら作業を行う。

（うわ、ひっどい顔……）

スマホで確認すると、涙と鼻水で色々と大変なことになっていた。一度トイレに行って化粧を直そうか悩んでいると、飲み物を買いに行っていた京介が戻って来て隣に座る。

「どっちがいい？」

「じゃあ、お茶ちょうだい。ありがとね」

冷たいお茶を胃袋へ流し込む。

今日は相当量の水分を失った。そのせいか、ただのお茶がやけに美味(おい)しい。

「……何か、変な感じで文化祭終わっちゃったな」

「う、うん」

告白を断って、それで終わりだと思っていた。

完全に予想外の事態だ。自分はこれだけ優れているとアプローチを受けたことはあったが、あいつより自分の方がいいと言われたのは初めてである。

「あ、あのさ……藍川が言ってたことだけど――」

「私、気にしてないよ」

バツが悪そうに俯く京介の言葉を、極力明るい声で遮った。

「言いたくないなら言わなくていい。何があっても、私にとって京介が大切なのは変わらないから」

軽く腕で小突くと、京介は顔を上げてこちらを見た。

ギリギリまで膨らませた水風船のような危うい双眸に、少しだけ安堵が灯る。

「……ううん、話すよ。そうしないと、僕の気が済まないし」

ぬるい風が吹き、京介の前髪を揺らした。

目に入りかけた毛先を払って、前へ向き直る。

「中学の頃、イジメられてる女子がいてさ。中一の秋だったかな。美術の時間に好きな風景の絵を描いたんだけど、完成して飾ってあったそいつの絵を誰かが滅茶苦茶にしたんだよ」

「……酷いね」

「それが我慢ならなくて、僕、勝手に直したんだ。ちょうど絵に描いてあるとこが、近所だったから。それがきっかけで、白雪（しらゆき）と……古賀（こが）白雪と仲良くなった」

　そう言って、ぐっと奥歯を強く噛み締めた。

　何かに耐えるように、負けないよう前に進むように。

「僕、友達とか全然いなかったからさ。白雪といつも一緒にいて。でも中三の夏休み前になって、白雪は引っ越すことになったんだ。……そんな時に、事件が起きた」

「じ、事件？」

「その日、体育が終わって校庭から教室に戻ったら、クラスの女子の一人が騒ぎ始めたんだ。財布がない、誰かが盗んだって。それで急遽（きゅうきょ）、犯人探しが始まったんだ」

「藍川が言ってた、あれ？　京介は体育の授業に参加してたんだし、盗むとか無理だよね？」

「……いや、僕は途中で気分が悪くなって保健室に行ったんだ。一人付き添ってくれたんだけど、トイレに行きたくなったから、そいつには帰ってもらったんだよ。だから、藤村（ふじむら）なら犯行が可能だったたって皆から詰め寄られた」

　確かに可能か不可能かで言うと、可能なのかもしれない。

　しかし、誰も声をあげなかったのだろうか。京介はそういうことをする人間ではないと、主張しなかったのだろうか。

考えても仕方のないことだと理解しつつ、無性に腹が立つ。

「僕、あんなに悪い意味で注目されたの初めてで、怖くて何も言えなかったんだよ。ここで違うとか言ったら、余計に疑われるんじゃとか思って。もう犯人ってことになった方が、楽なんじゃないかとかさ。……そしたら、いきなり白雪が手を挙げたんだ」

と言って、緩く唇を噛む。

悔しそうに、目を細める。

「自分がやったって言ったんだよ、あいつ」

「……えっ？」

「僕の付き添いをしてくれたのが白雪だったから、盗むこと自体は可能だった。それであいつ、財布は中身ごと捨てたとか、財布の持ち主が嫌いだったとか言い出して。……皆から死ねとか、くたばれとか言われながら、あいつは帰った。二度と学校には来なかったよ」

余程思い出したくない記憶なのだろう。

その横顔には余裕がなく、呼吸は浅い。視線はふらふらと揺れ動き、最後には力なく地面に着地する。

「そ、それで、どうなったの？　何で京介が盗んだってことになってるの？」

「次の日になって、財布が見つかったんだ。ただ単に、家に忘れて来ただけだったんだよ」

「って、ことは……」

京介は頷く。

弱々しく、それでも誤魔化すことなくしっかりと。

「白雪は、僕を庇ったんだ。自分がもう、転校するからって。……皆、白雪にかなり酷いこと言ってたから、余計に後味が悪くてさ。クラスのタブーみたいになって。誰も詳しいことを話したがらないから、結果としてあやふやな噂が一人歩きすることになったんだ」

何でもないことを勘違いで事件にしてしまい、存在しない犯人に石を投げ追い出した。

確かに当事者であれば、詳細を口にしにくい事案である。

「でもそれだったら、京介は被害者じゃん！　ありもしないことで酷いこと言われて、不登校になっちゃって！　私、何かまた藍川にムカついてきた！」

京介は鼻を殴られたのだ。どうせなら同じところを殴ってやればよかったと拳を固めたところで、

「……違う。違うんだよ、綾乃」

彼は力なく首を横に振った。

「白雪が庇ってくれた時、僕はホッとしたんだ。どうせあいつはすぐ転校するから問題ないだろうって、皆から嫌われてるから誰も犯行を疑わないだろうって計算したんだよっ」

声を震わせながら、必死に言葉を並べる。

「綾乃みたいに、白雪がそんなことするわけないって言えなかった！　言っておけば、次の日には皆勘違いだってわかって、転校する日まで学校に来られたかもしれないのに
……！」

握り締めたズボンには深い皺が刻まれ、手の甲にぽつりと水滴が落ちた。

「誰よりも大事だったのに、たった一人の友達だったのに、僕は裏切ったんだ。……白雪を犠牲にして普通に学校に行くなんて、僕にはできなかった」

その声には、確かな後悔が刻まれていた。

キャンプの夜、不登校の理由を尋ねた時に見せたあの顔は、これら一連の話をしなければならないと思ったからなのだろう。結果、嫌われてしまうと思ったからに違いない。

そして、なぜ彼が自分を卑下するのか、出会った当初に距離を置こうとしてきたのか、ようやく理解できた。

だからこそ、なのかもしれない。

綾乃の口元には、やわらかな感情が浮かぶ。

「やっぱり京介は優しいね」

「は？　えっ、何が？」

「だって、普通はそんなことといつまでも引きずらないよ。助かったって思って終わり。そもそも向こうは、自分の意思で庇ったんだから」

「で、でも、僕は……」

「私が白雪ちゃんの立場だったら、同じこととしてもおかしくないし。……そうやって悔やんでくれる人なら、いつまでも考えてくれる人なら、私は何でもしてあげたいって思うよ」

　自分が中学の頃にお金で繋ぎ止めていた人たちは、きっと今頃、罪悪感など一つもなく楽しく暮らしている。

　罵詈雑言を吐いて、陰口を叩いて、背中に指をさして嗤っていた人たちは、そんなことはすっかり忘れて青春している。

　それについて思うところはあるが、実際問題として仕方のないことだ。

　自分にとって都合の悪いことは忘れて当たり前。なかったことにして先に進む。

　それは非情かもしれないが、責められた話ではない。

　誰だってそうするし、自分だってそうする。

「ありがとう。私の大好きになってくれて」

彼の手の甲に、そっと手を重ねた。

その上に、またしてもぽつりと熱いものが落ちた。

「気にしなくていいとか言っても、京介の性格だと無理だろうしさ。こうやって話してちょっとでも楽になるなら、私いくらでも聞くからね」

「……う、うん」

「他にはもうない？　私に話しときたいこと」

縮こまった肩を震わせながら、ゆっくりと首を横に振る。

「……ありがとう。本当にありがとう、綾乃（あやの）」

「気にしないでよ。友達なんだから」

彼はゆっくりと顔を上げ、今にも感情が崩落しそうな表情を見せ、大きく頷いた。


数分後。

話し合いのあと、すぐにトイレへ行ってしまった京介は未（ま）だ戻ってこない。泣き顔を見せたくなくて、個室にこもっているのだろう。

「はぁー……」

大きなため息を零して、夜色の空を仰ぐ。

この時間が退屈なのではない。彼の戻りが遅いことに苛立っているわけでもない。

ただ単純に、自分に対して呆れてしまっていた。

「私……酷いやつなのかな……」

そう独り言ちて、もう一つ嘆息を落とす。

京介の過去を聞いて、彼の不憫なまでの自己批判精神に驚き、そしてその優しさに好きになってよかったと思った。それは紛れもない本心だし、彼に贈った言葉に何一つ嘘はない。

だが。

一つだけ、口にできなかったことがある。

彼の話の中で、これが一番気になった。というか、正直これ以外はどうでもよかった。

これが頭の中心に居座って、あとの台詞は隅に身を寄せていた。

『白雪と……古賀白雪と仲良くなった』

『白雪といつも一緒にいて』

『白雪は、僕を庇ったんだ』

白雪。白雪。白雪。白雪。白雪。

あの京介が。

自分のことを下の名前で呼ぶことに、あれだけ苦労した彼が。

自分以外の女の子を、下の名前で呼んでいる。

何度も、何度も。何度も、何度も、何度も。何度も、だ。

仕方のないことだと理解しながらも、胸の内側に歪な熱が灯る。

（どうしよう、私――）

ゲームセンターへ行った際、女友達と格ゲーをやっていたと聞いた時も同じ熱が胸を焼いた。

彼の絵を褒めた人が過去にいたという話をした時も、同じ温度に悶えた。

桃華が抱き着こうとしたり、女の先輩に囲まれていた時も、まったく同じ気持ちになった。

（白雪ちゃんに、嫉妬してる……！）

自分よりもずっと早く京介に出会って、自分よりもずっと長い時間を過ごして、自分よりも彼の色々な顔を知っていて。

悔しい。羨ましい。妬ましい。

そして今もなお京介の中には彼女がいて、彼の性格上一生忘れることはないだろう。それに対してどうしようもなく、嫉妬してしまっている。

（せっかく京介が頑張って喋ってくれたのに、思うことがこれってどうなの⁉　こんなの絶対にダメだよ……‼）

本来ならば、彼の心に寄り添うべき場面だ。

それなのに、頭の中は嫉妬でいっぱい。

こんなことが許されるのだろうかと、綾乃は両手で顔を覆う。

いけない。ダメだ、ダメだ。そう思いながらも、この熱は止まらない。

指の切れ間から覗く藍色の瞳の中で、残酷なまでに赤黒い炎が揺らめいていた。恋心が招いた、黒い衝動を燃料として。

エピローグ

♠

「うっ、うぐ、うぇぇ……っ」

「おいおい、吐くなよ。まだ五キロも走ってねえのに」

文化祭から数日が経った、とある休日。

京介は琥太郎に頼み込み、彼のトレーニングに同行していた。

川沿いの道を使って、ウォーミングアップの十キロランニング。京介にとってほぼ全力に近いペースで彼が走るため、ついについていけなくなり道の脇で胃の中身をぶちまけた。

「ったく、しゃーねえな」

近くにあった自動販売機でスポーツドリンクを購入し、それを京介に渡した。

「はぁ、はぁ……あ、ありがとう……」

「構わねえけど、お前何だって俺と一緒に身体鍛えたいとか言い出したんだ。このくらいで吐いてたら、残りのメニューこなす頃には死んでるぞ」

滝のように汗を掻き頭から湯気をあげる京介とは対照的に、琥太郎の顔にはまったく疲労の気配がなかった。同じ人間なのにここまで差があるとは知らず、京介は申し訳なさそうにうなだれる。

「……弱い自分を何とかしたくて。ちょっとでもいいから、今より強くなりたいんだ」

ポタポタと汗が落ち、アスファルトにシミを作る。

「僕はずっと、自分が弱いことに甘えてたんだ。周りの人に恵まれてたから、このままでいいやって思ってて。気弱だけど根は優しいやつっていう評価に縋ってた」

荒れる呼吸を何とか整え、服で汚れた顔を拭う。

「中学の時に、すぐに声をあげられればよかった。そうすれば、あいつは笑って転校できたかもしれないのに。この前だって、すぐに綾乃の前に出られたら……っ」

文化祭の一件で、京介は大きな後悔をした。

藍川が京介の中学時代に触れた際、怖がらず、不安がらず、余計なことを考えず、すぐに違うと叫べばよかった。綾乃の前に立って、自分の口で反発できればよかった。

そうすれば、彼女が藍川を殴ることはなかったかもしれない。

彼女の行為は嬉しい。しかし、暴力は暴力。

彼女の手を誰かを殴るために使わせてしまったのは、他の誰でもなく自分自身の弱さが招いたものだ。

「……僕は綾乃が好きだし、付き合いたいって思う。でもその前に、まずは自分を好きになりたい。こんな卑怯で、弱いことに胡坐を掻いてるやつを、僕は好きになれない……っ」

ふんっと踏ん張り、棒になりかけの足を無理やり立たせて身体を持ち上げた。

見ると、琥太郎はポカンと口を開けていた。手の中からスポーツドリンクが落ち、蓋が開きっぱなしだったため、コボコボと中身が地面に吸われてゆく。

「お、お前、今なんつった⁉」

「えっ。だ、だから、こんな卑怯で――」

「その前っ！」

「僕は綾乃が……って、二回も言わせないでくれよ。恥ずかしいんだから」

「やっとかよ⁉　遅いんだよお前は‼」

声を張り上げて、ようやくペットボトルを拾う。

中身がほぼなくなったそれを飲み干して、ゴミ箱へ放り投げる。

「にしたって、フジの言う強いだの弱いだのってのはメンタルの話だろ？　俺と一緒に走ってどうにかなるのか？」

「僕だってわからないけど、健全な精神は健全な肉体に宿るって言うし。少なくとも僕の目から見て、東條は強い側の人間だから。それに……」

「ん？　それに？」

「……あ、綾乃が前に、お姫様抱っこされたいって言ってただろ。今の僕じゃ絶対に無理だし……え、えっと、あの……」

琥太郎に教えを乞う以上、素直にならなければならないと思い全て話したが、急に恥ずかしくなってきた。好きな女の子をお姫様抱っこしたいから身体を鍛えるなんて、こうして口にするとバカみたいだ。

悲観的な思考が広がりかけた瞬間、「いいじゃねえか‼」と馬鹿力で背中を叩かれた。悶絶するほど痛いが、幸いなことに余計な考えは吹き飛ぶ。

「俺、そういうの好きなんだよ！　やっぱ男はこうでなくちゃな！」

腕を組み、満足そうにうんうんと頷く。

よくわからないが、褒められているらしい。京介は照れ臭くなり、頬を掻きながら視線を逸らす。

「でも、大変だぜ。綾乃ちゃんの身長と体型から考えると、体重はたぶん七〇くらい
──」

「お、お前、そういうこと言うなよ！　詞島さんがいたら口縫われてたぞ⁉」

「そりゃ沙夜の前では言わねぇけど、目標は明確な方がいいだろ。ただ闇雲にトレーニングするとか、俺でもできねぇし」

それは確かにその通りな気はするが、休日の昼下がり、何の遮りもない道のど真ん中で女性の体重を予測するのはどうなのだろう。

「まあそういう事情なら、俺は協力を惜しまねぇよ。とりあえず、今日は軽く走ったらストレッチ教えてやるから、それ終わったら帰れ」

「えっ、筋トレは？」

「明日までにフジに合ったメニュー考えとく。無理して身体壊したって仕方ないだろ」

「あぁ、そっか。ありがとう」

「あと、本当に鍛えたいならちゃんと食え。フジは痩せ過ぎなんだよ。肉食え、肉。タンパク質摂らなきゃ筋肉つかないからな」

京介は頷いた。自信の欠けた、弱々しい顔で。

それでも、確かな決意だけは滲ませながら。

♥

「ちょっと聞いてよ二人ともぉー！」

文化祭から数日経ったその日。

綾乃と沙夜と桃華の三人は、ちょっとしたお疲れ様会を開いていた。

待ち合わせ場所の喫茶店。テラス席に着いて、先にお茶をする綾乃と沙夜。少し遅れてやってきた桃華は、ジャラジャラと付けたピアスを大きく揺らしながらテーブルに突っ伏す。

「ど、どうしたの？」

「何かあったんですか？」

綾乃と沙夜の二人が心配そうに眉をひそめると、桃華は身体を起こし今にも泣きそうな顔を晒す。

「さっき藍川君から連絡あって、服飾部辞めちゃうんだってー！　文化祭、お客さんはたくさん来てくれたけど、今のところ入部希望者はいないし！　来年誰も入らなかったら廃部だよー！」

ギクッと、綾乃の表情が硬直した。

思い当たる節しかない。原因は確実に自分だろう。

綾乃と桃華が繋がった以上、今後も服飾部と絡む可能性がある。そうなっては気まずいと思い、辞めたに違いない。

あれは仕方なかったし後悔はないが、こういった形でまったく関係のない人に影響が及ぶとは思わなかった。自分に非がないとわかりつつ、どうしたって罪悪感が湧く。

「じゃ、じゃあ、私が代わりに入るよ！」

「えっ！　ほ、本当⁉」

「うん。あんまり行けないかもだけど、それでもよかったら……」

「綾乃ちゃんが入るなら、わたしも入部します！　わたしも綾乃ちゃんに、自作の服着て欲しいです！」

「二人ともありがとー！　ギュッってしていい⁉　ギュッってするねー！」

テーブルから身を乗り出し、綾乃と沙夜の頭を抱き寄せた。

彼女らしい甘ったるい香りが鼻腔をくすぐる。顔を擦り付けるたびにピアスが当たって少し痛いが、嬉しさは伝わるためここは我慢しておこう。

「……あれ？　綾乃ちゃん、香水変えた？」

席に戻る際、桃華はスンスンと鼻を鳴らしながらそう尋ねた。

沙夜は「え⁉」と目を剝いて、犬のように綾乃を嗅ぐ。すぐさま「ほ、本当だ……」と呟いて、気づかなかったことが相当ショックだったのか絶望的な表情を作る。

「う、うん。この前メイクさんと喋ってたら、男の人にウケる香水の話になって。教えてもらったやつ、試しに付けてるの。変じゃないかな？」

「アタシは好きだよー。ウケるかどうかは知らないけど」

「……わたしはいつもの方が好きですが。あっ、でもでも！　どんな綾乃ちゃんでも最高なのは変わりないので！」

意見が割れた。そもそも同性に聞いても仕方ないとは思うのだが、それでも少しだけ不安になる。

今回買ったのは、一旦置いておこう。綾乃自身、いつものやつがいいと思っていた。

「でも、男の人にウケる香水って、いきなりどうしたの？　もしかして、藤村君に告白する感じー？」

「そういうわけじゃない、けど……って、えぇ⁉　何で私が京介のこと好きって知ってるの⁉」

沙夜には話したが、桃華には一言も言っていない。

隣を一瞥するが、当然沙夜は首を横に振る。

「見てればわかるって。目にハートマーク出てるもん。綾乃ちゃん、わかりやす過ぎー」

と言って、ニヤニヤと頬を緩ませた。

確かに彼の前では自制心が骨抜きにされて、色々とへにょへにょになってしまうが、まさかこれほど早く見抜かれてしまうとは思わなかった。

「……うん、そう。私、ちょっとでも京介の気を引きたくて。何かしなくちゃなって、思って……」

「アタシから見て、告白して断るような感じだとは思えないけどねー」

「わ、わかんないじゃん。もしフラれたら……私、絶対立ち直れないもん」

そう言うと、桃華は口を閉ざした。

いくら桃華の勘が鋭くても、彼の本心は確かめようがない。

「……それと最近知ったんだけど、京介はある女の子のことでずっと悩んでるの。私ね、もしかしたら京介は、その子のことが好きなんじゃないかって思って……」

白雪(しらゆき)について、文化祭の日からずっと考えていた。

京介があそこまで引きずって、あそこまで後悔する背景にあるのは、彼の自己批判精神や優しさだけなのだろうか。もっと他に理由があるのではないか。

あの彼が下の名前で呼ぶ女の子だ。異性として好意を寄せていても、何ら不思議ではない。むしろその方が、あの落ち込み方に説明がつく。

「今までは、ただ一緒にいたり、ちょっとくっついたりしたら、意識してくれるんじゃないかとか思ってたの。……でも、それじゃ足りない」

きゅっと唇を噛み、視線をテーブルの上のおしぼりに落とす。

「私……京介のこと……」

浅く深呼吸して、膝の上で左手を右手で握り締める。

「他の女の子なんか見られないくらい、どうでもよくなるくらい、めちゃくちゃにぐちゃぐちゃに、惚れさせたい……‼」

そう口にして、顔に火が灯った。

この熱は、羞恥が由来のものではない。

嫉妬だ。よくわからない、会ったこともない相手を敵だと決めつけている。

我ながらバカみたいだと思うし、正気ではないと理解はしているが、恋心は理屈や理性などの一切合切を貫き粉砕する。

「うわぁー。綾乃ちゃん、意外とやらしぃー」

「へっ？　や、やらしいかなぁ……？」

「大胆ですごくいいと思います！　今のもう一回言ってください！　録音するので！」

「やだよ！　もう絶対言わないから！」

流石(さすが)にデータとして残されるのは恥ずかしいため、ぶんぶんと手を振り乱して拒否した。

沙夜は残念そうに頬を膨らますが、すぐに諦めて肩を落とす。

「困ったことがあったら、気軽に頼ってね。アタシ、応援してるよー」

「わたしも何でも手伝います！　年中無休、地球の裏側にだって駆けつけますよ！」

「あ、ありがとう！　私、頑張る……！」

何からすればいいのか、何が効果的なのか、今はまだ一つもわからない。

それでも、綾乃の中に不安はなかった。

少し前までは、何か見返りがないと友達は背中を押してくれなかったが、今はまったく違う。彼女たちは、ただ純粋に応援してくれている。

こんなにも人に恵まれているのだから、きっと上手(うま)くいく。

京介の頭の中を、自分でいっぱいにできる。

あとがき

お久しぶりです。枩葉松(ときわようしょう)です。

一巻に引き続き、二巻も手に取っていただきありがとうございます。楽しんでいただけたなら幸いです。

本巻ですが、綾乃(あやの)の気持ちが一歩前進したことで更にバグった距離感をメインにしつつ、一巻で軽く触れた京介(きょうすけ)が抱える問題について書きました。

好きな人に意識して欲しくてアピールして、実際に一歩踏み込まれると照れちゃう女の子可愛(かわい)いです。こういう子と文化祭をまわったり、夜の視聴覚室でイチャイチャしたい人生でした。

京介が好意を自覚したことで両片想(かたおも)いになった二人ですが、綾乃が妙な勘違いをしたことで今後は一層距離感がバグることが予想されます。一人妄想してにょによしています。

え？　綾乃のお母さん捜しに行かないの？　と思われた方、申し訳ない。それはもう少し後になります。現在の京介では、捜索に出たところで綾乃が救われる結末には至りません。ひとまずは琥太郎の下でレベル上げを頑張ってもらいましょう。筋肉は全てを解決します。

さて、ここからは謝辞になります。

イラストを担当してくださったハム様。一巻に続いて、素敵なイラストを描いてくださりありがとうございます。チェックの際、冷静に見なければと頭では理解しているのですが、綾乃の可愛さに「うひょひょ」となってしまい抑え込むのが大変でした。

担当編集のN様。表紙の綾乃のおっぱいが帯に乗るようにデザインを工夫している、という話を聞いた時はおったまげました。とってもとっても良いと思います。ありがとうございます。今これを読まれている方は、一旦閉じて帯おっぱいを確認してみてください。

そして、富士見ファンタジア文庫編集部の皆様、営業部の皆様、校正様、デザイナー様、印刷所の皆様、この本を手にとってくださった皆様、誠にありがとうございます。

またお会いできることを願いながら、筆を置かせていただきます。

枩葉松

お便りはこちらまで

〒一〇二－八一七七
ファンタジア文庫編集部気付
杏葉松（様）宛
ハム（様）宛

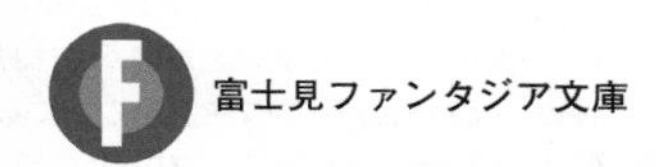

陽キャなカノジョは距離感がバグっている2
ふたりきりでイイコトしちゃう？

令和4年10月20日　初版発行

著者――杢 葉松

発行者――青柳昌行
発　行――株式会社KADOKAWA
〒102-8177
東京都千代田区富士見2-13-3
0570-002-301（ナビダイヤル）
印刷所――株式会社KADOKAWA
製本所――株式会社KADOKAWA

ISBN978-4-04-074685-2 C0193 ◆◇◇

何気ない一言もキミが一緒だと経験経験お付

著／長岡マキ子

イラスト／magako

学校
……じろじろ見ないで
【朗報】
俺の許嫁になった地味子、家では可愛いしかない。
ラブコメ
秘密の結婚生活！

ファンタジア文庫
甘えていい？
家
著者：氷高悠
イラスト：たん旦
親同士の約束で俺に嫁（3次元）ができた!?
相手は地味で目立たない同級生・綿苗結花。
「最近の推しは誰ですか!?」「遊くん…って呼んでもいい？」
趣味もピッタリ、意気投合。
しかも、慣れたら学校では想像できないほど大胆に！
彼女の素顔と、2人だけの生活は可愛さしかない!?

クラスのあの子と